KB053136

행복할 거야

이래도 되나 싶을 정도로

눈 앞의 행복을 놓치지 말 것

"너는 항상 달리는 느낌이었어. 근데 약간 쫓기는 것에 가까운…."

무엇이 중요한지도 모르고 달리던 시절엔 한 번이라도 무너지면 다시 일어서는 데에 한참이 걸렸다. 대단히 중요한 게 없는 사람은 무엇을 위해 노력해야 하고, 왜 살아야 하며, 때로 모든 게 부질없이 느껴지는 귀찮은 세상을 무슨 이유로 이겨 내야 하는지. 누구의 답도 와닿지 않았다. 매 순간을 행복이라 여겼으나 그것과 별개로 사는 것엔 별다른 의미를 찾지 못했다. 잃는 게 두려웠고 실패가 두려웠을 뿐. 나란 존재를 인정받거나 무언가 성취해야만 직성이 풀렸다. 나를 제대로 바라보고 긍정하기 전까지는. 나와 우리, 그리고 세상을 사랑하려 노력하기 전까지는.

지금 여기서 행복하자는 말이 유행처럼 번졌지만, 우리는 미래의 행복을 위해 애쓰곤 한다. 지금 버티면 나중에 행복할 거야, 행복해지기 위해서 노력해야지. 숱한 애씀이 훗날을 위한 버팀에 불과하다. 현재를 살아가면서도 과거와 미래에 대한 집념을 놓지 못한다. 과거와 미래는 기억과 상상 속에만 있을 뿐, 우리가 존재하는 곳은 언제나 현재라는 것을 알면서도. 미래에 대한 상상이 오늘의 나를 움직여 다가올 날을 대비하게 하지만, 그 상상마저도 현재의 나로부터 생겨난다는 사실을 잊어서는 안 된다. 이곳엔 어떠한 과거도 어떠한 미래도 없다. 현재만이 존재한다. 어제의 나도 내일의 나도 아닌, 현재의 나만 있고 현재의 우리만 있다. 앞으로도 마찬가지일 테다. 그러니 지금 행복하지 않으면 어디에도 행복은 없고, 지금 무엇이든 행복이라 느낄 수 있다면, 언제나 행복할 수 있다는 것을 명심하며 살아가려 한다.

  지금 이 순간에 놓인 행복을 찾아낼 수 있다면
  이곳에 있는 나와 당신을 인정하고 사랑할 수 있다면
  언제든 행복할 수 있을 것이다.
  이래도 되나 싶을 정도로.

contents

01

행복은 불행을 이길 수밖에 없으니

02

사람은 결국 사랑으로 버틴다

03

함께했던 날들에 우리는 없지만

04

모두가 피어나고 있다는 사실

01.

행복은 불행을

이길 수밖에 없으니

결국 잘 해내리란 것을 안다

열심히 산다고 살았는데 원하던 내 모습은 어디에도 없었다. 다 놓아 버리고 싶은 마음이 들어도 포기하지 않으려 애썼는데 여전히 부족한가 보다. 나에겐 사소한 일들도 왜 그리 무겁게 느껴지는지. 작은 실수에도 왜 이토록 크게 흔들리는지. 나약한 나를 마주하며 고작 이 정도로 엄살 부리지 말라고 꾸짖는 게 하필 또 나여서. 내가 가장 미워하는 사람이 내가 되는 날이 허다했다.

내가 뭘 그렇게 가졌다고, 뭘 그렇게 해냈다고. 아마 가지지 못해서, 해내지 못해서 그런 거겠지. 뭐든 멀게 느껴지고 자꾸 부딪히니까 그렇겠지. 앞선 마음 때문이겠지. 그럴 땐 그간 날 버티게 했던 것들도 다 무용지물이 돼. 짐처럼 느껴져. 부담이 되고 소음이 돼. 사람 마음이 조금만 비틀리면 비관으로 향하는 건 일도 아니더라.

행복은 불행을

비우는 시간이 필요한 거다. 마음이 지우지 못하는 건 머리가 되풀이하고, 체력이 부족하면 여유가 사라진다. 시선을 멀리 두고 잔뜩 쥔 힘을 풀고 나아가려면 내가 나를 받아들여야지. 내가 내 힘을 비축하고 포화된 감정을 덜어 내며 다시 사뿐히 나아갈 재량을 키워 내면서.

우리는 다 알면서 못 하곤 한다. 하다 보면 하게 되고, 일어서다 보면 걷게 되고, 잘하기 전까지 부족할 수밖에 없다는 것을. 다 안다. 사는 동안, 살아 있으면, 살아가다 보면 또 살아지게 된다는 것을. 아는 대로 배운 대로 해 오던 대로 이겨 내면 된다는 것을. 결국 잘 이겨 내리란 것을 안다.

우리는 누구나 무너질 수 있다

언제나 무너질 수 있다. 후회할 수 있고 망설일 수 있다. 꿈을 포기했단 이유로 부끄러워질 수 있고 사랑에 실패했다며 주눅들 수 있다. 아닌 거 알면서도 그 사람 놓지 못할 수 있다. 뻔히 힘들 길을 걷기도 하고 과거를 그리워하기도 한다. 시간을 낭비하기도 하고 시간에 쫓기며 허덕이기도 한다. 정답처럼 떠도는 문장들을 모두 지키며 살아가는 사람은 아무도 없다. 모두가 실수하고 고민하고, 실망하고 결단하며 다시 일어선다. 우리는 때때로 두렵고 놓아 버리고 싶고 잘 지내다가도 털썩 넘어진다. 누구나 그렇다. 누구나 그래서 우리가 이렇게 부단히 살아가는 것이다. 동시에 계속해서 나아지길 노력하는 것이다. 그렇게 가능으로 향하는 것이다. 녹록지 않은 현실에서 누구도 자책할 필요 없다. 불안할 필요는 더더욱 없다. 당신이 어떠한 하루를 보냈든 괜찮다는 말이다. 정말 괜찮다. 우리는 지금도 그저 나아가는 중이며, 배워 가는 중이다.

행복은 불행을

지나갈 처음을 응원하며

　뭐든 처음이 서툴다. 누구는 막상 하면 잘하는 애로 불린다만 나는 그런 쪽이 아니었다. 막상 하면 못한다. 계속해야 언젠가 자기도 모르게 어느 정도 하는 애. 그런 쪽이었다. 잦은 실수, 분주한 삶, 핑계 댈 수 없는 게 핑계인 그런 사람. 부끄럽고 미안해서 자주 멈추고 싶었던 사람. 그마저도 반복되니 익숙해진다. 어차피 긴장할 테고 당연히 부족할 테지만 어쩔 수 없다고. 그렇게 서툰 처음을 지나오려 애쓰는 나를 응원하는 중이다. 이윽고 잘할 거라 믿으며. 능숙과 완벽, 잘하고 말고를 떠나서 계속해 나아갈 나를 믿는다. 그게 잘하는 거고 잘 살아가는 거라고. 누군가 실망할까 봐, 피해라도 줄까 봐, 물거품이 될까 봐 시작조차 못하던 날들로부터 잘 건너왔다고. 내가 나에게 넌 왜 이것밖에 못 하냐 꾸짖던 날들로부터 잘 맞서 왔다고. 영영 미숙할 나의 처음들. 종종 안타깝고 자주 대견했던 처음을 계속해서 힘껏 지나오려 한다.

너는 어디든 갈 수 있고

뭐든 할 수 있으며

무엇이든 될 수 있어.

겪고 마주한 세상으로부터

경험이란 직면하고 사유하는 용기다. 이해의 영역을 넓히고 다름에 대한 수용을 늘려 가는 과정이다. 그로써 나를 똑똑히 바라볼 수 있는 시선을 가진다. 백날 방 안에서 책을 읽어도, 온종일 손가락 옮겨 가며 지식과 지혜가 담긴 콘텐츠를 찾아본다 해도, 내 한 몸 움직여 마음 쓰는 것만큼 풍부해지는 일이 없다. 낯선 길을 걷다가 이유 모를 사랑을 받아도 보고, 상처만 주는 사람 사랑하기도 해 보면서, 끝끝내 모두를 사랑하고 용서하며 몸소 겪는 세상으로부터 삶이 다채로워진다. 사람은 실수하고 오판하고 흔들리고 충돌하며 자신의 중심이 어디인지 가늠한다. 내 마음 어디를 단단히 잡아 놓아야 하는지 경험을 통해 찾아 내는 것이다. 우리는 비슷하게나마 겪어야 타인을 공감하고 이해할 수 있다. 때때로 꽉 막힌 사람들이 있지 않은가. 자기 고집으로만 똘똘 뭉쳐 편향된 옳음을 주장하는 이들, 자신의 생각이 법인 양 남을 재단하는 이들이 있지 않은가. 배려라는 명목으로 책임을 떠넘기는 이가 있지 않은가. 사랑이란 구실로 마음을 이용하던 사람이 있지 않은가. 그리고 나 또한 그런 적이 있진 않은가. 이따금 누군가를 이해하려다 나를 마주하곤 했다.

행복은 불행을

실패를 딛고 내일로 건너가야지

그땐 전부인 줄 알았다. 내게 주어진 일이든 공부든, 마음 깊숙이 들어온 사람이든 사랑이든. 때를 놓치면 남들보다 도태될 거란 생각에 초조했다. 이 사람을 떠나보내면, 결과가 좋지 않으면 내 세상은 두서없이 흔들릴 거라 짐작하며. 실패는 또 다른 실패를 부르고 나는 또 부끄러워질 거라고.

무엇이든 잘 이루어 낸 사람들을 보며 작아졌다. 흔들리고 무너진 나를 다시 일으켜 세우고 싶었으나 잠시의 행복이 얼마나 지속할진 모를 일이었고. 또 찾아온 불안은 언제 멈출지, 다짐한 만큼 잘 살아 낼 수 있는 날이 내게도 올지. 나의 한계와 희망은 내도록 싸워 댔다. 희미한 미래를 두고 방황했으며 기대에 미치지 못하는 삶이라면 가치 따위 느낄 수 없으리라, 나약하고 어리석은 연민에 빠졌다.

오늘의 실패가 내 인생을 망가뜨릴 거라 여겼던 날들을 무수히 지나오며 느낀다. 실수와 떠밀림에 몸부림치던 날들, 실패라 부르고 움츠러들었던 날들이 없었다면 그 무엇도 잘 해낼 수 없었음을. 우리는 도전하고 실패하고, 다시 도전하고 실패하며, 결국엔 이루어 낸다. 처음 잡던 젓가락도, 처음 묶던 신발 끈도, 처음 배운 한글도 어느 하나 어리숙하지 않은 날이 없었으므로. 그러니 자신을 믿고 내일로 건너가야지. 실수하고 밀려나더라도 희망과 용기로 나아간다면 기회는 어떤 방식으로든 다시 찾아온다.

지쳐도 달려야만 할 때가 있어.

걱정과 고민, 피로와 절망, 의지와 인내
모든 허덕임이 내 몫이라서.
나의 욕심이고 나의 선택이라서.

사람은 바꿔 쓰는 거 아니라지만
나는 나를 바꾸어 내고 싶어서.
더 좋은 사람이고
더 멋진 사람이고 싶어서.
아직은 견딜 수 있는 지침이어서.
할 수 있다, 괜찮다, 속삭이며 나아가곤 해.

언젠가 도착하겠지.
내가 하고 싶어서 하는 일이고
내가 가고 싶어서 가는 길이니까.

행복하게 살아가는 것

세상엔 '행복한 사람'과 '불행한 사람'이 따로 있는 게 아니라 생각하며 산다. 행복이라 여기는 사람과 불행이라 여기는 사람만이 존재한다고. 그러니 행복이란 어디에나 있지만 어디에도 없는 것. 형체를 확인할 수도 없고, 냄새를 맡을 수도 없고, 만질 수도 없다. 각자의 마음속에만 존재할 뿐이다. 마치 사랑처럼. 암흑 속에서도 내 눈으로 내가 밝혀 내는 빛. 그러므로 자신의 행복은 자신이 꺼내며 살아가야 한다. 나스스로 한순간 한순간 충만함과 감사함을 느끼면서, 내가 지금 행복하구나, 지금은 좀 힘들지만 그래도 충분히 행복할 수 있구나, 이것마저 감사하구나, 느끼는 것. 내 앞에 주어진 일에 최선을 다하고 결과와 상관없이 최선을 다한 나에게 만족할 줄 알면서 순간의 노력을 잊지 않고 자신을 믿어 주며 살아가는 것. 마음 아프게 하는 사람이 있더라도 당신의 예쁨을 잊지 말고, 난관에 부딪히더라도, 어찌할 도리 없이 지

행복은 불행을

친다 해도, 결국 해낸다는 의지로 내가 나를 버리지 않는 것. 걱정으로 몰아내는 불안에 속지 않으며 나 지금 이 정도면 행복한 거다, 불안할 이유가 없다, 미워하고 슬퍼하고 고통받을 바에 일 초씩이라도 한 번씩이라도 더 감사하자 설득하며 사는 것. 그런 나의 생에 가치를 느끼는 것. 타인의 시선도, 바깥의 소음도, 당장의 고난도 다 소용없다. 지금 내가 행복하다고 생각하면 그게 행복이다. 그게 오늘도 행복하게 살아가는 사람이다.

행복은 목표가 아니라 과정이야.

누리려고 사는 것이 아니라 누리며 사는 것.

고생 끝에 오는 게 아니라

처음부터 끝까지 언제나 존재하는 것.

그러니까 자주 행복하자.

힘들어도 재밌게 살자.

그래야만 꿋꿋이 살아갈 수 있어.

우리는 우리를 믿고 있다

나의 선택을 응원하는 것이 하루를 잘 보내기 위한 다짐이었다. 아침에 눈 뜨면 아무 생각이 없다. 좀 더 자고 싶다. 더 자면 큰일 나겠지. 세상이 나만 격렬히 편애했음 좋겠다는 이기적인 바람이 솟는다. 제때 일어나고 제때 집을 나서고 제때 행하면 자주 성공한 하루가 된단다. 나와의 약속을 자주 지킨 기특한 내가 된단다. 내가 한 선택에 책임지는 습관을 들이면 성실한 사람이 된단다. 대결 같았던 약속은 점차 습관이 되고 습관이 되면 고통에 무감해진다. 사소해진 것들 중에 노력 없이 만들어진 건 없다. 잘하고 있다. 애쓰지 말라지만 내가 애쓰길 선택했다면 나는 잘 책임지고 있다. 게으르길 선택했다면 자책하지 말고. 도전하길 선택했다면 실수하길 두려워 말고. 무너지길 상상하지 말고. 그래도 무너지길 선택했다면 다음의 선택을 믿어야 한다.

울지 말라고 해도 내가 울길 선택했다면 잘 울고 있는 것이고. 그 사랑 아니라고 해도 내가 사랑하길 선택했다면 잘 사랑하고 있는 것이다. 잘 해내길 선택했다면 지금처럼 힘껏 애쓰고 믿고 사랑하며 살아가면 된다. 잘하고 있다. 응원하고 있다. 우리는 우리를 믿고 있다.

행복은 불행을

뭘 하든 후회 없이 하자.

미련 남지 않도록.

더 표현해 볼걸.

더 최선을 다해 볼걸.

끝까지 붙잡고 늘어져 볼걸.

그런 아쉬움 남지 않도록.

그래야만 홀홀 털고 지나갈 수 있더라.

일이든 관계든 사랑이든 뭐든

내가 할 수 있는 건 다 해 봐야

그래도 후회는 없다고 말하게 되더라.

나는 너의 최선을 믿어. 응원해.

그래서 소중해

영원하지 않아서 소중한 거야.

지금 일어나는 모든 일들.
내 곁에 존재하는 사람들.
요즘 따라 자주 가는 곳.
오늘의 날씨, 오늘의 내 모습.
혹은 떠나간 사람들이 남기고 간 것들.

소중한 게 이렇게 많으니까
하루하루 버티며 살아가는 거겠지.
그리고 나한텐 너도 그만큼 소중해.

삶은 비워지고 차오르길 반복하므로

　살다 보면 쓸데없는 걱정이 늘기도 하고 마음처럼 되지 않는 일에 낙심하기도 하고, 나는 왜 이 모양인가 쟤는 왜 저 모양인가 의문하기도 한다. 그러다가 그렇게 걱정할 필요 없었구나 느끼기도 하고 신기할 만큼 일이 잘 풀리기도 하며 모두가 이해되는 날도 온다.

　모든 순간은 오고 가며 흘러가는 인생이다. 누구도 소유할 수 없는 시간처럼. 다가왔다가 지나간다. 좋은 일 안 좋은 일, 기쁨과 슬픔, 건조한 날 따뜻한 날. 비가 내렸다가 날이 맑았다가, 시들다가도 다시 피어나고, 해가 졌다가도 동이 튼다. 보고 싶었던 바다로 떠나 쌓였던 근심 흘려보내고, 혼자 남은 새벽에 짓눌리기도 하며, 울고 싶은 만큼 울고, 참아질 때까지 참아 보면서. 그렇게 살아가고 살아 내다가 기꺼이 사랑하고 또 사랑하며, 흘러가듯 살아가는 것이다.

그러니 오늘도 괜찮다. 덜 걱정해도 될 일이고, 그만 불안해도 되는 날이다. 다 지나간 일이며, 지나갈 날이다. 우리는 이 시간을 나답게 살아 낼 뿐이다. 이때까지 그래 왔고 앞으로도 그럴 것이다.

행복은 불행을

살면서 배우는 것들

어떤 일이든 한 사람 말만 듣고 쉽게 판단하지 말 것. 나는 타인을 완전히 알 수 없다. 그들도 나를 다 알 수 없다. 오해와 이해를 받아 낼 용기. 부모의 사랑은 자식이 가진 최고의 무기다. 배운 대로 사랑한다. 선한 사람이 가장 강한 사람이다. 누구에게나 솔직하긴 어렵다. 자신마저 속이며 살기도 한다. 서운하고 화나는 감정은 그만큼 기대했기 때문에 생겨나는 것. 누구도 사랑 앞에서 쿨할 수 없다. 꾸준함을 가진 사람은 뭐라도 해낸다. 단단한 자존감을 지닌 사람은 그만큼 남도 존중한다. 긍정의 중요성. 긍정은 좋게 생각하는 것이 아니라 그대로 인정하는 것. 무엇보다 건강이 최고다. 남에게 준 상처는 그대로 돌아오는 법. 그걸 인지하고 못 하고의 차이일 뿐. 모두가 가치 있는 존재다. 나도 마찬가지다. 오늘 행복할 줄 알아야 내일도 행복하다.

다 좋아질 것이다

지금, 당장이 힘들 뿐이다. 영원히 함께할 거라고 생각했던 사람이 떠나갔더라도, 나 혼자 남아 버린 기분에 눈이 붓도록 울게 되더라도, 마음처럼 풀리지 않는 일에 낙심하더라도 곧 괜찮아질 슬픔이다. 고통은 느닷없이 찾아오고 우리는 자주 지칠 수밖에 없지만, 인생은 계속될 텐데. 상처와 불안도 되풀이될 테고 펑펑 울다가 말라 버리는 날도 다시 찾아올 텐데. 그렇지만 또 이겨 내고 이겨 낼 텐데.

그러니 온 마음을 다해 살아온 당신아, 또 좋아질 거라 믿어야 한다. 좋아지고 좋아지면서 결국 다 좋아질 거라 믿어야 한다. 지금은 많이 아프겠지만 잠시뿐일 거라고. 오늘처럼 힘겨운 날들을 지나 보내야만 더욱 단단한 행복이 찾아올 거라고. 거쳐야만 하는 시련이라고. 그렇게 기뻐질 내일을 믿어야 한다. 당신을 울게 만든 일, 사람, 설움 반드시 지나갈 것이다.

행복은 불행을

시간은 빠르게 흐를 테지만

급하게 서두르지 말고

찬찬히 살아가자.

아마 좋은 일이 많이 생길 거야.

현재에 충실하기

어디로든 돌아갈 곳이 필요할 때,
지난날들 꺼내어 오늘을 채워 내곤 했다.

자주 그립다. 그리운 날이 많다는 건 두고 온 마음이 많아
서일까. 지나간 시절 그리워하며 사는 게 오히려 편했다. 현
재를 묵묵히 버텨 내기 위한 도피였으려나. 어디로든 돌아갈
곳이 필요해서 삼켜 낸 오늘을 막다른 시간에 뱉어 내는 일.
이미 멀어진 사람 내 기억 속에 붙잡아 두고 살아가는 버릇.
빈자리에 찬 바람 들어찰 때면 어김없이 예전 기억 들고 와
데우곤 한다. 그때의 아픔, 행복, 평안. 이제는 돌이킬 수도
돌아갈 수도 없는 날, 그렇다고 진정 돌이키려는 건 아닌 가
난한 심보.

그때도 미뤄 뒀었지. 과거의 나는 더 과거를 떠올리느라 매
시간을 등 뒤에 두고 지나온 자리만 바라봤다. 이미 지나가

행복은 불행을

버린 사람, 시절. 이곳에서 가만히 회상하고 감사하고 미안해하며 일상을 지속하는 게 오히려 안전한 일이라고. 그러다 줄곧 과거에 머무르는 동안 흘러가는 지금을 느낀다. 지금 내 감정에 충실해야 하는 건데. 그게 맞는 건데. 그때 참 좋았지, 그 사람한텐 내가 너무 무심했어, 이제 와 생각하니 소중한 시간이었네, 떠올리는 일은 전부 미련일 뿐이라고. 눈앞에 펼쳐진 이 순간에 충실하며 지금 내 곁의 사람들에게, 지금 내 삶에 더 몰입해서 이 시간을 가득 채워 내야 한다고.

너를 위해 살아.

너를 위한 선택을 하고
너를 위해 주는 사람을 곁에 두고
네가 원하는 일을 해.
너는 너를 아끼고
너는 너를 사랑하면서 살아.

너를 위해 살 수 있는 사람은
세상에 너 하나밖에 없어.

부지런히 살아가자

 아낌없이 살아가자. 먹고 싶었던 음식 꼭 먹어 보고, 가고 싶었던 곳 있으면 늦지 않게 가 보고, 하고 싶은 말, 해야 하는 말 있으면 당당히 해 보고. 사랑도 그래. 할 수 있을 때 미친 듯이 사랑해 보고, 잃어도 보고 아파도 보고, 힘들면 먼저 놓아 버리기도 하고, 아 그때 힘들었던 건 그 사람 때문이 아니라 내가 휘둘렸던 것뿐이구나 깨닫기도 하면서. 나 예전보다 이만큼이나 단단해졌구나, 그대로인 줄 알았는데 많이 성숙해진 나를 발견하기도 하며. 그때 간 여행, 시간 쪼개서라도 가길 잘했지. 그때 그 사람, 비록 남이 되었지만 그가 내 인생에 있었기에 내가 나를 더 알게 된 거겠지. 그때 그렇게 버텼기에 지금 이런 기회가 생긴 거겠지. 다 양분이 되었음을 느끼면서 내가 살아온 날들이 만든 오늘의 귀중함을 기억하자. 어떤 표현도 어떤 걸음도 아끼지 말고 살아가

자. 그때 아니면 할 수 없는 것들이 있더라. 아낀다고 아껴지는 청춘이 아니더라. 그러니까 우리, 할 수 있을 때 아낌없이 사랑하자.

부지런히 사랑하고 부지런히 살아가자.

행복은 불행을

나를 존중하며 지내기 위해

1. 아무리 노력해도 제자리일 때가 있다. 내 딴엔 최선을 다했지만, 결과가 석연치 않을 때. 자신을 탓하고 스스로 몰아세우게 될 때. 외국의 한 토크쇼에선 꽃이 시들면 그게 꽃의 탓이냐 묻더라. 내 노력만으로 안 되는 것들은 분명히 존재한다. 시들 수밖에 없는 환경에 처한 꽃처럼, 혹은 때에 맞춰 시들게 된 자연의 순리처럼. 그러나 시든 자리엔 무엇이든 또 피어난다. 계절 지나듯 머무른 공기가 바뀌고 땅이 비옥해지며 화창히 피어날 때가 반드시 온다. 결단코 피어날 자신을 믿어야만 한다.

2. 자신의 치부를 보이거나 상대를 향해 날카롭게 비판하는 것만이 솔직함이 아니다. 내 속에 숨은 선하고 강한 모습도 솔직함이다. 솔직함이 무기가 되어서는 안 될 것. 타인에게 솔직하기 전에 가장 먼저 솔직해야 할 대상은 자기 자신이다. 떳떳이 솔직한 사람이 될 수 있도록, 솔직할수

록 따뜻한 사람이 될 수 있도록 나에게 먼저 진실한 사람이 될 것.

3. 걱정이 많으면 여유가 없어진다. 여유가 없어지면 무엇도 새로 들어올 수가 없다. 이리저리 잡동사니로 가득 찬 방에서 먹고 자고 울고 웃듯이. 걱정이 늘수록 정리가 어렵고 널브러진 마음에선 아래에 뭐가 깔렸는지도 모르고 산다. 쓰지도 못하고 처박힌 희망이 얼마나 많을까. 우린 아마 오늘도 소용없는 걱정으로 자신을 어지럽혔을 것이다. 잘 덜어 내고 정돈해야만 한다. 나를 아끼기 위한 일 앞에서는 굳이 그래야 한다.

4. 당연하게 느껴지는 것들이라도 노력 없이 이루어진 건 하나도 없다. 내가 입는 것, 보는 것, 말하는 것. 모두 공짜로 얻어진 게 아니다. 세상에 공짜는 없다는 엄마의 말에 편의점 빨대는 공짜 아니냐고 반박하던 어린 내가 있었다. 빗물은 공짜 아니냐고, 흙도 공짜 아니냐고. 엄마는 수고로움을 말하던 것인데 어린 나는 몰랐지.

5. 나를 사랑하는 법을 모르겠으면 남부터 사랑해야 한다. 밉고 서운했던 사람들을 사랑하고 내 곁의 사람들을 사랑

행복은 불행을

하는 연습. 그들을 자세히 바라보며 꼼꼼히 애정하다 보면 분명 그들에게서 내 모습이 보일 것이다. 그리고 그 잣대가 나에게로 향한다. 내가 사랑하는 사람들을 사랑하던 마음 그대로 나를 바라보게 된다. 뭘 해도 괜찮은 사람이 된다. 좋은 사람을 곁에 두라는 게 이런 거다.

6. 자신이 할 수 있는 일을 남이 해내지 못할 때 마냥 한심하게 여기는 이들이 있다. 그리곤 남들이 하는 걸 자신이 못했을 땐 심한 열등감에 사로잡힌다. 자신을 부정하고 타인을 부정하는 마음. 위험한 일이다. 내가 비난했던 타인의 실수가 나에게 벌어지는 날엔 더한 미움을 자신에게 쏟게 되는 법이다. 내가 나를 미워하면 남들에게도 미움받을 준비를 하고, 내가 나를 사랑하면 남들에게도 사랑받는 마음으로 살게 된다. 매사에 누구도 완벽할 수 없고 완전할 수 없으니, 나 또한 그렇고 저 사람 또한 그렇다는 사실에 관대해지기로 하자.

7. 남들이 털어놓는 고민엔 위로고 공감이고 잘만 해 주면서 정작 자기 힘든 건 어디 털어놓지 못하는 사람들이 많다. 다른 사람 문제는 어떻게든 해결해 주려 하면서 자기 어려

울 땐 손 내밀기 어려워하는 사람. 당신 어깨 빌려 준 만큼 다른 사람에게 손 내밀며 살아가도 되는데. 그래야 살아갈 수 있는데. 당신 등에 업은 무거운 짐, 가끔 내려 두고 편히 기대길 바란다. 혼자 버티며 서 있기엔 우리는 너무 약하고 다정한 존재들이다.

8. 해 보지도 않고 안 될 거라고 지레짐작하는 습관은 될 것도 안 되게 만든다. 그럴 줄 알았던 것들은 대부분 내가 그럴 수밖에 없도록 만들었다. 할 수 있다고 생각해야 한다. 그래야 할 수 없게 되더라도 다음이 생긴다.

9. 누가 어떤 사람이고 어떤 모습이든 존중받을 가치가 마땅하다는 건 자신에 대한 존중이 기저에 깔린 말이다. 세상에 못된 짓 하는 사람도 많고 범죄자도 많지만, 그들 모두 자신을 존중하지 못해서 그렇게 산다. 그러니 남에게도 존중받지 못함을 느껴서 삐뚤게 산다. 내가 내 존재를 소중히 여기면 다른 사람 소중하단 것쯤은 자연히 알게 되고, 무수한 마음들로부터 자신을 지킬 수 있게 된다. 나는 이미 나에게 존중받고 있기 때문이다.

10. 나로 태어나 나로 죽는 삶이라는 것을 기억하자.

행복은 불행을

약해진 내가 강해질 수 있도록

특별히 어디 아픈 곳 없다가 감기라도 걸리는 날이면, 역시 건강한 게 최고구나, 느낀다. 일할 때도 잠을 잘 때도 평소 같지 않다. 날카로운 종이에 손가락 조금 베여도 우린 얼마나 작은 모서리에 아파할 수 있는지 새삼 깨닫는다. 쉬이 다칠 수 있고 아플 수 있는 세상이다. 감각하는 인간이라면 그렇다. 상처 크기가 작아서 참을 만해도, 참고 있어도 나 여기 다쳤다는 걸 스스로 안다. 나 여기 아프다는 사실을 치유될 때까지 인지한다. 잊었다가도 문득 나 다쳤었지 상기한다. 내가 날 보호하지 않으면, 스스로 지켜 내지 않으면 쉽게 다치고 쉽게 아프다. 마음도 그렇다. 약해져 있을 땐 스치듯 뱉은 말도 강하게 침투한다. 내 마음 내가 보호할 힘이 없어서, 버티고 있는 것만으로도 다행인 일이어서. 사소한 말에도 다치고 대수롭지 않은 행동에도 할퀸다.

그래서 우리 어디에든 기대며 살아가는 것이다. 강한 신념, 목표, 취미, 꿈, 가족, 친구, 애인, 지난 일기, 사랑받았던 기억, 혹은 더 힘겨웠던 날들. 그렇게 내가 바라보며 살았던 것들이 나의 기둥이 되어 준다. 나를 단단히 지켜 준다. 몸과 마음 약해질 때마다 느끼곤 했다.

내가 좋아하고 사랑하는 것들은

가장 중요한 시기에 나를 지켜 준다.

다시 강해질 수 있도록.

오랜 흉으로 덧나지 않도록.

불완전해서 더 빛나고 찬란한 것들

청춘은 서툴고 불안하기 마련이고 사랑은 촌스럽고 유치한 법이야. 우리는 똑똑하고 이성적으로, 그러나 친절하고 다정한 사람으로, 와중에도 부지런하고 효율적인 삶을 위해 노력해 왔지만. 우리 오늘도 살고 내일도 살아가야 해서 몸은 쉬어도 마음은 잘 쉬지 못해서 이따금 주저앉기도 해. 그마저도 누구에게 짐 되기 싫어서 감추며 살지. 남들 다 하는데 나는 왜 못하나 낙담하기도 하면서. 장애물에 가로막히고 사람에 상처받을 때마다 다 누르고 살게 되더라. 감정에 휘둘리면 해야 할 일도 그르치니까. 사랑에 아파하면 내 하루가 흔들리고 그럼 행복은 더 멀어질 거 같으니까. 그런데 우리를 살게 하는 건 사랑이고 낭만 같은 것들이더라. 때로 애달프고 슬픈 것들. 무용하고 부질없게 느끼기 쉬운 것들. 멀리 두고 지내려던 것들. 그런 것들이 우릴 살게 해. 그러니까 삭막

행복은 불행을

해지지 말자. 얼음장 같은 현실이라도 서로의 마음 녹여 주면서 정답게 살아가자.

우리의 서툰 청춘, 촌스러운 사랑
불완전해서 더 빛나고 찬란한 것들.
밀어내지 말고 누리며 살자.

사랑하자, 오늘도

사랑하며 살아야 한다. 좋아하며 살아야 한다. 그러기 위해선 먼저 내 마음이 온전해야 한다. 피곤하고 지칠 땐 없던 불만도 생기는 것처럼, 여유를 품고 너그러운 시선으로 살아갈 땐 세상이 살 만한 곳으로 바뀐다. 가득한 마음을 가진 사람에겐 어떤 말도 무기가 되지 않으며, 용기를 가진 자에겐 어떤 실패도 실패가 아니다.

마음은 보이지 않는 곳에서 가꾸어진다. 피어나는 꽃이 아닌 땅 아래로 자라는 뿌리의 힘. 다른 사람에게 친절한 만큼 자신에게도 친절할 때. 남의 인정을 기다리기 전에 내가 먼저 나를 인정해 줄 때. 가장 인정하기 힘들었던 것들마저 인정하며 비로소 평안을 찾을 때. 참 다정하다 싶었던 타인의 행동을 나에게서도 발견할 때. 내가 나를 알아주고, 악보단 선을 택하고, 삶을 견디기보단 즐길 줄 아는 용기를 가질 때.

사람 마음은 아주 작은 것으로부터 시작하므로. 하나가 미워지면 나머지도 미워지고, 하나가 좋아지면 나머지도 좋아진다. 불만도 사랑도 그렇다. 사랑하며 산다는 건, 좋아하며 산다는 건, 작디작은 나의 순간을 온전히 바라보는 것으로부터 시작한다.

　이 순간에 존재하는 나와 나를 둘러싼 모든 것들을 직시하고 인정하며 감사할 줄 아는 것. 그 마음을 가지고 밖을 나서는 것이다.

나를 사랑하는 첫걸음

잘 산다는 건 건강하게 살아가는 것. 몸과 마음 아프지 않도록 잘 먹고 잘 쉬고 잘 자는 것. 신선한 음식과 적당한 운동으로 하루를 지켜 내는 일. 좋은 습관을 만들고 할 수 있는 일들을 미루지 않는 것. 적당한 일탈과 휴식. 부단히 채워 냈다면 홀가분히 비워 내는 것도 필요하다는 걸 아는 지혜. 사랑과 감사와 미안을 제때 전할 수 있는 용기. 내가 얼마나 힘든지 슬픈지 행복한지 누구보다 내가 먼저 알아주는 것. 내가 나를 챙기고 나와 더 친해지는 일. 그것은 무엇보다 성실함으로부터 시작된다. 나의 삶을 성실히 살아 내고자 하는 태도로부터 쌓여 간다. 축적된 성실 위에 놓인 건강한 정신, 육체, 사랑. 삶의 기초가 되는 것들. 나를 먼저 지키고 사랑해야 올바른 사랑을 외부로 나눌 수 있고 돌아온 사랑을 곧게 받아 낼 수 있다. 사랑을 잘 주고받는 사람들은 삶이 충만하다. 빠른 회복력과 마음의 여유를 가진다. 떳떳하

행복은 불행을

게 웃고 울어 낼 수 있다.

　그러니 나를 사랑하기 위해서는 먼저 나의 삶에 몰입하여 성실히 살아 내야 한다. 그것이 건강하게 살아가는 것이다.

가까웠다가도 멀어지는 게 사람이고

있다가도 없는 게 돈이며

멀쩡했다가도 아픈 게 건강이듯

한 치 앞도 모르는 게 인생이니까.

괜히 어디 가서 기죽지 말고.

밥 잘 챙겨 먹고

잘 땐 푹 자고 그래.

무슨 일이 있어도 내가 잘 지내야지.

그게 맞는 거지.

행복을 느끼는 순간

흰 눈이 몽실몽실 내리는 날. 올겨울 처음 먹은 붕어빵. 팥붕이냐 슈붕이냐 피붕이냐, 네가 맞다 내가 맞다 다투는 친구들의 음성. 오들오들 추위에 떨다가 마시는 뜨끈한 어묵 국물. 아늑한 실내 온도. 사르르 녹는 몸. 먹고 쉬고 발 뻗을 수 있는 집이 있다는 사실. 새로 산 바디워시로 샤워하는 날. 노곤한 하루의 끝, 민낯 위에 올린 마스크팩. 예전에 찍은 사진들을 구경하는 시간. 문득 고마운 사람들이 생각나는 밤. 새로 발견한 음악이 내 취향일 때. 편히 잠들어도 괜찮은 주말. 폭신한 이불. 향기. 조용한 새벽. 그러다 조금 쓸쓸해질 때 그에게서 온 연락. 사랑. 아무리 주워 담아도 넘치지 않는 작은 행복들. 그래도 살아 있길 잘했다. 그런 생각이 들 때.

하루하루 비슷해 보여도

어떤 날은 피곤해 죽겠다가

또 어떤 날은 이 맛에 사는 거지 싶어.

지쳤다가 힘이 났다가

미웠다가 사랑했다가

그렇게 걷고 걷다가 오늘이 됐어.

그동안 참 고생 많았지.

앞으론 더 행복할 거야.

이래도 되나 싶을 정도로.

나를 지켜 내는 삶

'인생이란 뭘까.' 하고 물었을 때, 친구 하나가 '나를 지켜 내는 것'이라고 대답했다. 그 친구는 오늘도 좋아하는 음악의 안무를 혼자 연습한다. 연습이 끝나면 바깥 공터로 나가 춤을 춘다. 그 모습을 카메라에 담는다. 누가 어떻게 보든 개의치 않는다. 누구도 시키지 않은 일을 그저 좋아서, 그 시간이 행복해서 지속하며 지낸다.

어릴 땐 너무 단순하게만 느껴지는 친구여서 속 뒤집힐 뻔한 적이 한두 번이 아니었다만 요즘 생각하면 참 건강한 친구구나 싶다. 언제나 좋은 영향을 주는 사람. 보면 기분 좋아지는 사람. 뭐든 아낌없이 표현하는 동생.

"누나는 나를 이상하게 보지 않아서 편해. 이해해 줘서 좋아. 나는 하늘이 아름다우면 오늘 하늘 참 아름답다고, 길가에 꽃이 예쁘면 꽃이 참 예쁘다고 있는 그대로 표현하고 싶은데, 그걸 오글거린다고 뭐라 하는 사람들이 꽤 많았거든."

그땐 차마 나도 널 조금은 이상하게 보고 있었다고 말하진 못했다. 그렇지만 난 너의 이상함을 지켜 내길 바란다고. 꿋꿋이 지내 줘서 고맙다고. 자세히 볼수록 멋진 사람이라 덕분에 살 맛 나는 인생이라고. 우리는 꼭 우리를 지키며 나아가자고 덧붙이고 싶었다.

'인생이란 뭘까.' 질문했던 당시엔 뻔하다 여겨 대충 넘겨 들었던 친구의 대답이, 이제 와 생각하면 나에게 가장 필요한 답이었다. 내가 좋아하는 것. 내 건강. 내 마음. 내 중심을 지키며 살아가는 것. 부단히 지켜 낸 나와 조금씩 가까워지며 살아 내는 것. 누가 어떻게 보든 행복을 미루지 않는 것. 그렇게 하나씩 쌓아 가는 것. 그게 내 주변을 지키며 생을 축적하는 법이었다.

행복은 불행을

그땐 괜찮을 줄 알았다

체한 기분으로 살아 내는 날이 있다. 온 마음이 구겨질 듯 내려앉는 날. 수증기로 가득한 날. 공기를 마실수록 숨이 막혀 오는 날. 이만하면 잘 지낼 수 있을 줄 알았다만 또 얼마 가지 못하고 나약한 자신과 마주한다. 평생 이렇게 나와 싸우며 지내야 하는 걸까. 퇴연한 얼굴로 부어오르는 감정들을 짓눌러야 할까. 잊힐 듯 반복되는 통증은 사라지지 않는 걸까. 켜도 켜도 자꾸만 꺼지는 조명처럼. 웃고 웃어도 내부로 흐르는 울음처럼. 어디로도 날 수 없는 새가 날개를 퍼덕거리듯. 외면하려야 외면되지 않는 그을린 감정은 덮지도 만지지도 버리지도 쏟아 내지도 못한 채 숨었다가 튀어나오길 거듭한다. 아무럼 괜찮은 날엔 앞으로도 괜찮을 줄 알았다. 아니었구나. 이리저리 쏟아 내리던 빛을 단번에 퇴색하게 만드는 기억이 하루를 뒤덮는 날엔, 이 또한 지나가기만을 기다리는 내가 있다. 괜찮다. 괜찮다. 다독여 보는 내가 있다.

이렇게 사는 게 맞는 걸까 싶을 때가 있잖아.

나만의 속도가 있다지만
내 힘으로는 도저히 역부족이라고 느껴질 때.
마음만 급해지고 따라와 주지 않을 때.

요즘 그래.

어른이 된다는 것

어른이 된다는 건 몫이 늘어나는 일이다. 선택과 책임, 부담과 비밀이 쌓여 가는 일. 이른 새벽이었다. 잠에서 깨자마자 온갖 설움이 몰려오던 시간. 들리지도 보이지도 않는 방 안에서 엉엉 소리 내어 울었고, 그것은 며칠을 관망한 울음이었다. 등잔 밑이 어둡다고, 세상 무엇보다 나를 가장 멀리 두며 살곤 한다. 나는 내 것이라 그랬나. 내 마음은 손 뻗으면 닿는 마음이라 미뤄 두기 제격이어서 그랬나. 지금이 아니어도 위로할 수 있고 오늘이 아니어도 괜찮을 수 있고 외면하고 무시해도 언제든 여기 있어서 그랬나. 줄곧 버티는 게 능사라 여겼다만 나의 버팀은 종종 나를 내놓는 일이었다. 나를 생략하고 간편한 삶을 추구하는 일. 소모하길 피하며 살아 내는 삶. 나의 몫을 다하기 위해 나를 제쳐 두는 것. 우는 소리 내지 않는 것.

그러다 단숨에 쏟아 내는 날, 그런 새벽이 오면 느낀다. 어른이 된다는 건 숱한 책임들 뒤로 밀려난 자신을 잊지 않고 끌어내는 일이라고. 버티는 나를 지켜 내는 일이라고. 가장 가까운 마음을 가장 아끼려 드는 것도 나의 몫이라고.

좋은 경험이 되었던 것들

　먼 곳으로의 여행. 크게 싸운 친구와 화해한 일. 이게 맞나, 이러다 죽는 거 아닌가 할 정도로 견뎌 본 시기. 사고 싶은 것 다 참아 가며 저축해 본 것. 진심으로 사랑하고 사랑받았던 시절. 그때 적어 놓은 일기. 아무 계획 없이 즉흥으로 떠난 제주. 홀로 떠났던 여행. 나와 안 맞다 생각했던 친구와 멀어지지 않은 일. 지나고 보니 나를 많이 닮은 친구였음을 느낀 날. 이해와 반성. 이러다 내 인생 진짜 망하는 거 아닌가 걱정될 정도로 방황했던 시기. 바르고 선한 사람과 나눈 사랑. 하고 싶은 일 무작정 시작한 것. 잃고 싶지 않았던 사람을 억지로 놓아준 날. 계절마다 꽂혀서 들었던 플레이리스트. 누구의 눈치도 보지 않고 제멋대로 지내 본 날들. 그만두고 싶었지만 끝까지 참아 낸 일들. 고민 끝에 시원하게 포기해 본 것들. 도전하고 사랑하고 숨차게 달려 보고, 기뻐하고 실망하고 미워하던. 꾹꾹 참다가 쏟아 내고, 와락 저질렀던 나의 모든 날들.

어느 것 하나 버릴 게 없는 날들.

행복은 불행을

이곳엔 살아온 나와 살아갈 내가 있다

하루엔 정해진 시간이 있고 나로 살아야 할 내가 있다. 해야 할 일이 있고 쟁취하고 싶은 목표가 있다. 개중엔 하기 싫은 일도 있고 멈췄으면 하는 시간도 있다. 채워 내고 싶은 내가 있고 걸러 내고 싶은 내가 있다. 버티고 싶은 내가 있고 놓아 버리고 싶은 내가 있다. 기대고 싶은 내가 있고 혼자이고 싶은 내가 있다. 서투른 내가 있고 교묘한 내가 있다. 유약하지만 강하고 섣부르지만 신중하고, 선하지만 악랄하고 다정하지만 매정하고, 흔들리지만 단단한 내가 있다. 설명하기 쉬운 내가 있고 설명할 수 없는 내가 있다. 채우려 애써도 채워지지 않는 마음이 있고 사랑하려 애써도 사랑이 되지 않는 마음이 있다. 믿음이 있고 불신이 있다. 잡고 싶은 마음이 있고 잊고 싶은 마음이 있다. 단순하다가도 복잡하고 행복하다가도 불행하고, 괜찮다가도 안 괜찮은 내가 있다. 내 안엔 나와 내가 끊임없이 싸우며 산다. 그곳엔 이기는 내가 있고 지는 내가 있다. 나무라는 내가 있고 다독이는 내가 있다. 그러다 화해하고 용서하는 내가 있고 끝끝내 이겨 내는 내가 있다. 수많은 내가 모인 곳에 나를 아껴야만 하는 내가 있다. 회복하고 나아갈 수 있는 내가 있다. 그런 나로 살아 있는 오늘이 있다. 살아갈 내일이 있다.

행복은 불행을

모두 빛나는 사람들

길을 걷다가 열등감에 대해 생각했다. 이기고 싶은 욕심, 살면서 부러웠던 사람들, 알량한 질투심, 사뭇 나와는 다른 세계처럼 느껴졌던 사람들, 부러움을 애써 인정하며 참아 내던 마음, 물끄러미 못난 내가 되었던 날들. 열등감은 나와 상대를 인정하지 못할수록 강해진다. 그의 노력을 인정하지 못할 때, 그의 존재를 인정하지 못할 때. 나의 지금을 인정하지 못할 때. 질투 시기 미움 분노 내 감정의 근원을 남에게로 돌릴 때.

얼마 전, 친구와 나눈 대화를 떠올렸다. 그녀는 나조차도 잊어버린 나를 기억해 준다.

"너는 예전부터 그랬어. 누구든 막 잘나가는 사람이 있으면 사람들은 질투하거나, 잘 안 됐으면 하는 마음에 흉보거나, 애써 관심 없는 척할 때가 많은데 너는 뽑아 먹을 생각을 했어. 저 사람은 왜 잘되었나. 나랑은 어떤 게 다르고 내가 배울 점이 무엇이 있나. 그땐 네가 웃으면서 농담처럼 말했는데, 나는 그 애기 듣고 진짜 용기 있는 사람이라고 생각했어.
좀 놀랐거든. 마인드가 너무 좋아서. 속이 깊은 사람이구나."

"나는 그런 내가 너무 약았다고 생각했거든. 나쁘게 느껴
졌어. 지금 생각해도 옳진 않았어."

"맞아. 너는 그렇게 생각하는 것 같았어."

"근데 나빠 보이지 않으려고 애썼던 것 같아. 내 부족함을
진정으로 인정하고 드러내는 것도 어려웠고. 질투심이나 자
격지심 같은 것들도 마찬가지로 받아들이기 힘들었어."

"근데 그 노력이 결국은 지금처럼 진짜 그 사람들을 리스
펙하는 것으로 변했나 봐."

그 시절의 내가 너무 부족하고 나쁘다고만 생각했다. 못난
질투심에 대한 방어 기제에 불과했다고. 부러움을 가리려 더
비겁한 선택을 한 거라고. 억지로 나를 속였다고 몰래 생각
했다. 더 어릴 적엔 그랬지. 열등감이 느껴지면 그게 사라질
정도로 노력하는 게 최선이라 여겼다. 부러우면 부럽지 않을
때까지 발전하면 되는 일이라고. 그러나 그게 얼마나 위태로
운 노력이었던가. 내가 무엇이 되었든 나는 끝까지 누군가와
비교할 테고 불편한 시선은 변하지 않을 테니까. 열등감과
우월감은 한 몸이니까.

행복은 불행을

걷다가 걷다가 생각했다. 어쩌면 나는 타인에게서 장점을 많이 발견하는 사람이었구나. 내가 부러워한 점들은 결국, 내가 그들에게서 발견한 빛이었구나. 부럽고 낮아졌던 마음을 뒤집는다. 내 시선에 포착되는 모든 불편을 뒤집으면 편안의 상태가 된다.

그들의 특별함을 그대로 바라본다.

'저 사람은 그럼… 되게 하얗고 예쁜 사람, 저 사람은 무난하고 평범한데 신기하리만큼 자신감 있는 사람. 그래서 특별한 사람. 저 친구는 자신을 잘 어필하는 사람. 분명한 목표를 갖고 치열하게 살아온 사람. 흐트러지지 않기 위해 언제나 노력하는 친구. 자기만의 기준을 세우고 세상을 즐기는 천재. 사랑이 많은 사람. 저 사람은… 드디어 그간의 노력이 빛을 발한 사람.'

나의 부족함을 뒤집고, 내 위태로움을 뒤집고, 내 어리숙함을 뒤집으면 그것 또한 나만의 빛. 계속 걷는다. 걷다가 보면 뛰게 된다. 숨이 가빠지면 가능한 것들이 생긴다. 용기가 생긴다. 다시 걷다가 걷다가 조금 슬퍼졌다. 기쁜 슬픔이었다.

존재만으로도 얼마나 빛나는지.

스스로에게 계속 말해 줘야 해요.

미처 모르고 사는 사람이 있다면

옆에서 알려 줘야 하고요.

우린 이때까지 그렇게 살아왔고

앞으로도 그렇게 살아갈 거예요.

서로의 빛을 찾아 주면서.

네가 좋아, 그런 나도 좋고

이런 우리가 좋아. 말해 주면서.

나이 먹을수록 느끼는 것들

1. 성인이 되어도 어른이 되기란 어렵다. 아이 같은 마음 눌러 두고 산다. 밝고 건강하게 사는 사람들, 그거 엄청난 노력이다.

2. 내 주변에 어떤 사람들이 있는지가 정말 중요하다. 그들을 모아 두면 내가 어떤 사람인지 알 수 있다. 잘 맞는 사람이 몇 명 곁에 있다는 건 생각보다 굉장히 귀한 일이다.

3. 경험이 많을수록 편견이 적어진다. 반대로 편견이 적을수록 더 많이 경험하게 된다. 깊은 혜안은 편견을 깨부수는 과정 뒤에 따라온다.

4. 나이 먹어도 안 해 본 일이 무궁무진하다. 발전은 끝이 없고 배울 점 없는 사람은 없다. 배우고자 하는 자세만 있다면 누구에게나 배울 수 있다. 그만큼 나도 누군가에겐 배우고 싶은 사람일 수 있다.

5. 어릴 땐 남의 시선을 왜 그렇게까지 신경 썼나 모르겠다. 다들 자기 인생 살기 바쁘고 남들 눈치 보기 바쁘다. 적당히 신경 쓰고 내 할 일이나 잘하자.

6. 다른 사람을 좋아할 이유는 많아도 굳이 미워할 이유는 없다. 다 에너지 낭비다. '그럴 수 있지.'라는 마인드.

7. 뭐든 확실한 게 좋다. 배려랍시고 빙빙 둘러 말하거나, 별로인데 괜찮다고 말하는 건 서로의 시간과 감정만 소모하게 된다.

8. 여유는 체력에서 나온다. 체력은 수면과 식사, 운동으로 채워진다. 그리고 이것들은 나를 아끼는 마음이 있어야 고르게 행할 수 있다.

9. 누구나 장단점이 있다. 장점 옆엔 단점이 따른다. 내 장점에 집중해서 단점을 보완하기.

10. 위기는 곧 기회일 때가 많다. 기회로 바꾸어 낼 때 비교할 수 없이 성장한다.

11. 누구나 평범하고 누구나 특별하다. 나도 누군가에겐 평

행복은 불행을

범하고 누군가에겐 특별한 존재다. 판단은 남의 몫이니 나는 나대로 살면 된다.

12. 내가 좋아하는 사람과 나를 좋아하는 사람이 맞아떨어질 확률은 희박하다. 주고받는 사랑을 소중히 여길 것. 타인이 베푼 마음 중 당연한 건 없고, 사랑 없는 삶은 의미 없다.

정답이랄 게 없는 세상에서

무엇이 맞는 걸까. 거울 속 내 얼굴과 남이 보는 내 얼굴, 영상 속 내 얼굴은 모두 다른데 무엇이 내 얼굴일까. 내 귀로 들리는 내 목소리와 녹음된 내 목소리와 남이 듣는 내 목소리는 모두 다른데 무엇이 내 목소리일까. 네가 먹는 피자와 내가 먹는 피자의 맛이 다르면 피자는 무슨 맛일까. 내 눈에 보이는 내 단점과 네가 말한 내 단점이 다르면 무엇이 내 단점일까. 나에겐 아무렇지 않은 말이 너에겐 상처가 되었다면 누구의 잘못일까. 너는 좋자고 한 행동이 나를 아프게 만들었다면 그건 누구의 잘못일까. 너의 배려와 위로가 나에겐 부담이었다면 누구의 탓일까. 내가 느끼는 행복과 네가 느끼는 행복의 크기는 다르고, 오늘의 기분과 내일의 기분이 다르고, 오늘의 사랑과 내일의 사랑이 다른데. 이곳엔 과연 정답이랄 게 있는 걸까. 이곳엔 덜 사랑하고 더 사랑하는 일밖에 없는 건 아닐까.

행복은 불행을

♥

　사랑이라는 단어는, 단어마저 사랑 같다. 무언가 좋아하는 마음이 '좋아해' 한마디로는 부족할 때 나는 사랑이라 말했다. 난 내 꿈을 사랑해. 내가 사랑하는 사람들을 사랑해. 오늘의 식사를 사랑해. 무난하지 않은 삶을 사랑해. 내 취향을 사랑해. 나의 할 수 있음을 사랑해. 내가 사랑하는 순간들을 사랑해. 나의 그늘을 사랑하고 나의 슬픔을 사랑해. 사랑한다는 말 무겁다는 이유로 아끼고 살던 시절엔 사랑할 수 있는 게 이토록 많은 줄 모르고 지냈지. 돌아보니 다 사랑인 것을. 애꿎은 마음도, 덧난 흉도, 지난 실수와 헛된 선택마저도 내가 사랑해 주기 시작하면 다 사랑이더라.

　나는 나를 사랑해. 나는 너를 사랑해.
　우리를 사랑하고, 이번 생을 사랑해.

잘 살고 싶은 마음

시간은 나를 봐주는 법이 없었다. 잠시만 기다려 달라는 부탁을 입에 담지도 못하게 달려 나간다. 그러니 새해 케이크에 둘러앉아 소원을 빌고 촛불을 불던 연초로부터 계절이 몇 번이나 바뀌었다는 사실을 하릴없이 믿어야만 했다. 시간의 상대성은 겪어도 겪어도 의아하지 않은가. 신호를 기다리는 일 분은 그토록 길게 느껴지면서, 피곤을 찌르는 아침과 알람을 끄고 다시 잠드는 오 분은 그렇게나 짧게 느껴지니. 지나온 시간은 찰나 같고, 기다리는 시간은 담벼락 아래서 잔뜩 힘을 준 채 들어 올린 뒤꿈치 같았다. 보일 듯 말 듯 막막한 칠흑의 희망이 때로는 나를 살게 하기도 했지만. 이곳 너머에서 무슨 일이 펼쳐질지 나의 오늘이 과연 잘 살아 낸 날일지, 이게 맞는 건지 틀린 건지 정답을 잃게 만드는 건 시간이 등 뒤로만 흐르기 때문이었겠다. '알 수 없음'의 상태가 열려 있는 문이 되어 주기도 했다만.

행복은 불행을

스물에 적응할 때쯤이면 어느덧 스물하나가 되고, 이십 대만이 누릴 수 있는 기쁨이랄 것들을 인지하기 시작할 때쯤이면 앞자리가 바뀐다. 어른이 되어 갈수록 놀이터에서 웃으며 뛰어노는 아이들이 부러웠다. 무조건 만끽해야겠구나. 그게 맞는 거구나. 나는 지금 가장 젊고 행복하다는 생각을 놓지 않게 된 것도 지나온 날들이 던진 메시지 덕분이겠다.

나의 올해는 근 몇 년의 극심한 슬럼프와 번아웃으로 잃었던 욕심을 되찾기 위해 몸부림치는 시간이었다. 어떻게든 다시 잘 살아 내야만 했다. 주변을 천천히 둘러보았다. 왠지 나와 비슷한 기질을 지녔지만, 나와는 다른 삶을 사는 사람들에게 용기를 구해 가면서. "오빠, 나도 꼬마 건물 살 거야. 나 언제 살 수 있어?", "나도 노벨 문학상 탈 건데. 세계적인 스테디셀러 작가가 될 거야.", "나도 플레이리스트 만들래. 감성으로 유튜브를 사로잡겠어.", "근데 꼬마 건물 살려면 비싼 헤드셋 같은 건 안 사고 참아야 해?", "나 이제 진짜 갓생 살 거야. 갓생 살기 유튜브 할래. 실패하는 것도 다 보여 줄래!" 하며 명랑한 포부를 던졌다. 그럼 그는 "건물은 4년 잡아.", "아니. 건물 살려면 잘 벌어야지. 소비를 안 해서 되는 게 아님.",

"그래. 하고 싶은 건 다 해 봐.", "왜 시작하기 전에 실패할 생각을 하지? 나는 그런 생각해 본 적 없어. 내가 하면 하는 거야.", "일단 시작해. 지금부터 해.", "잘 살자 지은아.", "성공하자.", "내가 도와줄게."

희망과 용기로 욱여넣은 마음은 눈 돌리면 다시 작아지더라. 나는 언제나 부족한 사람이었고, 애매한 재능을 가졌고, 뛰어난 사람들의 발자취를 따라 걸어 보다가 내 길이 아니다 싶어 포기하기 바빴으니. 나는 무엇이 차별화된 사람인지, 나를 어떻게 하면 잘 활용하여 살아갈 수 있을지. 그러기 위해선 무엇을 고집하고 무엇을 더 내려놓아야 할지 고민하던 중 오랜 친구와 연락을 주고받았다. 사업으로 성공한 부부의 삶을 살아가는 친구였고, 나는 그들과 같은 시기에 작업실을 차렸지만 그들이 뻗어 나가는 몇 년 동안 무엇도 시도하지 못한 채 작업실을 도로 넘기고 상경했다. 나는 애초에 부족한 사람이었던 걸까. 혹은 부족하다는 생각이 나를 부족한 사람으로 만든 걸까.

고민에 빠져 있던 내게 친구가 문득 이런 말을 하더라.

"오빠가 지은이는 끼가 너무 많아서 잘만 하면 진짜 성공할 수 있을 거래." "끼가 많다고? 나는 끼가 없다고 생각했는데. 다 애매한 재능…." "아니야. 지은이는 끼가 너무 많아서 자꾸 분산되는 거야. 분명히 할 수 있어. 뭘 해도 뒤에 항상 우리가 있는 줄만 알아. 지은이 주변엔 든든한 사람들 많으니까. 알겠지. 화이팅 해야 해!"

  잔뜩 물렁해져 있던 나는 그 말을 듣고 화장실에 주저앉아 한참을 소리 내어 울었다. 누가 나를 칭찬하면 '나를 제대로 모르고 칭찬하는구나.' 하며 넘기던 과거의 나를, 내 높은 기준에 부합하지 않으면 절대 스스로를 인정해 주지 않았던 나를, 이런 나를 사랑하는 당신의 사랑마저 세상 물정 모르는 착각으로만 여겼던 나를, 이제껏 달려왔지만 커다란 성과가 없는 건 최선을 다하지 않은 내 탓이라 꾸짖던 나를, 뭐든 자신이 없고 부족해졌던 나를, 손만 있으면 누구든 그릴 수 있는 게 그림이고 종이만 있으면 쓸 수 있는 게 글이라며 내 이력을 하찮게 여기던 나를, 그간 어디로도 나아가지 못해 홀로 아등바등 견뎌 낸 시간들 속의 내가 한참 쏟아져 나왔다. 나를 조금 더 가능한 사람이라 대우해 주면 될 것을, 내가 나를 제일 모자란 사람 취급하며 살아왔던 것이다.

그때부터 유독 이상하게 느껴지던 나를 떠올렸다. '시대적 미의 기준에 부합하지 않으면 내가 미의 기준이 되겠다.'라고 말했던 가수 화사처럼, 나도 나의 이상함과 나만의 취향과 변덕을 잘 활용하며 살아야겠다는 생각으로. 뭐든 잘 질려하는 나지만, 그럼 뭐든 관심이 가던 것들엔 한 번씩 발을 담궈 봤다는 뜻일 테고, 궁금하면 이것저것 검색하고 끝까지 파고드는 호기심으로 가득한 나는 쉽게 닿지 않을 정보까지 헤집어 내는 사람일 테며. 그 말인즉슨 내게 가장 필요한 건 자신감과 용기, 빠른 시도와 여러 겹의 실패뿐이겠구나.

시간은 나에게 져 주지 않지만, 하루에 84,600초의 시간은 누구에게나 공평하게 주어진다. 오늘 이 글이 쓰이고 나서도 내겐 얼마간의 시간이 남아 있을까. 아무럼 무엇이라도 해 보련다. 걷고 있었다면 뛰어 보고, 누워 있었다면 일어나 보고, 지나쳤다면 다시 돌아가 한 번이라도 시도해 보는 시간을 쌓아 가겠다. 그것이 나의 행복과 건강을 위한 일이라면 더 나은 선택을 위해 부단히 몸부림치련다.

재능과 매력이 없는 사람은 어디에도 없다는 말, 우리 모두에게 해당하는 말이겠지. 통제된 상황 속에서도 기어이 문

행복은 불행을

을 찾아내는 사람들이 있다. 각자의 이상함으로, 각자의 용기와 희망으로, 각자의 성실과 최선으로 살아갈 우리가 있다. 나는 우리를 응원한다. 우리의 연이을 실패를 응원하고 그 끝에서 기다릴 각자의 성공을 응원한다. 그 과정에서 놓치지 말아야 할 즐거움과 행복을 응원한다. 우리의 '할 수 있음'은 열려 있는 문으로 걸어갈 용기가 되어 줄 것이다. 올해 남은 시간 동안 당신도 모르던 당신의 구슬들을 빛으로 끌어낼 수 있도록. 반짝일 수 있도록. 나도 할 수 있고, 당신도 할 수 있다는 용기로 살아 내자.

—

위의 글은 일 년도 훨씬 전에 적어 놓았던 글이다. 그간 나는 수많은 시행착오를 겪으며 어떻게든 나를 다시 바로잡겠다는 일념으로 지냈고, '할 수 있음'의 희망은 나를 할 수 있는 사람으로 만들었다. 당장이 아니어도 언젠간 가능하리란 믿음으로 내가 나를 더 믿을 수 있게 되었다. 나와 같이 몸부림치며 나아가는 당신을 힘껏 응원하게 되었다.

이왕 사는 거 잘 살아야지

인생은 선택의 연속이다. 고민과 결정이 이어진다. 머무르거나 나아가거나, 의심하거나 확신하며. 이 일을 할 것인지, 이 사람을 만나는 게 맞는지, 무엇을 입고 먹을지, 직면할지 도망칠지. 하루에도 무수히 고민한다. 문제를 만들고 해답을 찾는다. 개선하고 대비하려 한다. 생존하려는 불안이다. 어떻게든 죽지 않고 살아 내려는 인간의 오랜 본능이다. 더 안전하고 편하게 자고, 먹고, 입고, 사랑하며 살기 위한. 그 노력이 때론 벅차게 느껴졌다. 하루는 누군가에게 왜 사는 거냐고 물었고, 그는 말했다. "태어난 건 내 뜻이 아니었지만, 이왕 사는 거 잘 살아야지." 이왕 먹는 거 맛있게 먹고, 이왕 만나는 사람 진심으로 만나고, 이왕 하게 된 이별이라면 꼼꼼히 돌아보고, 할 거 다해 보면서. 이왕 보내는 하루 자주 행복하고, 이왕 쉬는 거 푹 쉬고, 이왕 하는 거 최선을 다하면서. 이왕 살아가는 거라면 그 불안과 손잡고 나아가야지. 나를 껴안으면서 꿋꿋이 노력해야지.

행복은 불행을

너는 스스로 끈기가 없는 사람이라고 하지만

우리는 네가 끈기로 가득한 사람이라고 느껴.

끈질기고 끈질겨.

사랑은 다 이겨 내게 해

사랑이 다 이겨.

뭐든 이겨 내게 만들어.

그럼에도 불구하고 사랑하므로.

사랑하기 때문에 비로소.

그래도 사랑하니까.

그 많은 수식어를 붙여도 이상하지 않은 사랑.

우리가 늘 품고 살기 때문이야.

사랑으로 이겨 내자.

이겨 내려는 나를 사랑해 주자.

행복은 불행을

성숙한 사랑

사람이 불안하면 하지 않아도 될 짓을 한다. 천천히 걸어도 될 길을 뛰어가고, 어련히 기다리면 올 대답을 보챈다. 잘하고 있던 일에 의구심을 품거나 잊었던 과거의 상처를 복기하기도 한다. 한때는 불안을 사랑이라 느꼈다. 초조하게 만드는 사람을 사랑했고 나의 불안을 해소시킬 수 있는 건 그 사람뿐이어서 온 마음이 그곳으로 향했다. 그 사람 또한 내가 불안해야만 자신이 사랑받고 있음에 안도하던 미숙한 시절이 있었다. 이제는 안다. 상대를 향한 불안은 내가 나를 채우지 못했기에 생겨난 것임을.

성숙한 사랑을 위해서는 내가 나를 귀하게 여겨야 한다. 귀하게 여긴다는 것은 내게 불필요한 것들을 걸러 내고, 내면의 평화를 찾아 주는 강단을 의미한다. 스스로를 소중히 여기지 않는 사람은 스스로를 소중히 여기지 않는 사람에게 끌리게 된다. 초라하고 비굴한 삶은 우리가 그것을 안으로 받아들일 때만 일어난다고 했다. 생에 도래한 불안을 품고 스스로 해소하는 법을 익힐수록 온전한 사랑을 하게 된다. 어쩌면 나는 나를 불안하게 하던 그 사람이 아니라 나를 절대 떠나가지 않을 사람이 주는 적당한 불안과 안심의 간극을 사랑했던 걸 수도 있겠다.

행복은 불행을

평화롭게 살아가기 위하여

나는 나에게 너무 바란다. 좋은 사람이 되길 바라고, 더욱 현명해지길 바라고, 용감히 사랑하길 바라고, 즐겁게 살아가길 바란다. 나의 부족함을 곧이곧대로 수용하길 바라고 뉘우치길 바란다. 오늘의 부끄러움을 닦아 내고 성장하길 응원한다. 나만이 나를 통제하고 획득할 수 있으며, 나만이 나를 상실하고 해방할 수 있으므로. 무정한 나를 열어 내어 다정을 남발하고 싶다. 서두르지 않되 신속한 사람이 되고 싶다. 여유를 가지되 게으름 피우지 않고, 솔직하되 무례하지 않으며, 충분히 배려하되 굳건한 중심을 지키고 싶다. 마르지 않는 욕망을 품고 산다. 욕망은 나를 노력하게 하고 노력이 옳은 곳에 쓰여 나와 세상이 더욱 정다워질 수 있다면 어떤 장애물도 견뎌 낼 재간이 생긴다. 각자의 노력이 우리를 평화로운 삶에 안착시켜 주리란 바람으로.

한 번 실수로 얼굴 붉힐 필요 없어.

내 마음 몰라준다고 서운할 것도 없고,

다른 사람 만큼 되지 못한다고

절망할 필요도 없어.

다 할 수 있는 만큼 하고 사는 거야.

그러다 보면

할 수 있는 것들이 늘어나.

그렇게 더 괜찮은 사람이 돼.

근데 넌 지금도 생각보다 더 해낼 수 있는 사람이다.

그건 잊으면 안 돼.

결국 여기로 오려 했나 보다

가는 길이 편하면 누구나 거기로 간다.
지금까지 험난하고 힘들었다는 건
그만큼 용기 있는 사람이었단 거다.

지금 그곳이 어디든,
또 용기 있게 걸어갈 사람이란 거다.

우리 조금 단순해져야 할 때

가끔은 공허하고 불안했다. 무엇도 잃어버리지 않았는데 모든 걸 잃어버린 기분이었고, 무엇도 나와 어울리지 않는다 생각했으며, 도망치듯 눌러앉고 싶었다. 밀려오는 압박감과 뒤따르는 무력감. 용기를 받아 내지 못했고 위로도 위로가 아니었으며 기어이 나아가는 내게 '화이팅.', '힘내자.'라는 말을 던지듯 건넬 때마다 있던 힘마저 쭉 빠졌다.

따뜻한 봄이 오고 사람들 옷은 얇아져 가는데 나는 더 추워졌고 우리는 모두 희망을 원하는데 마음 한구석은 절망에 익숙해져서, 놓아 줘야 할 사람 끈질기게 붙잡고 있는 것처럼 아무짝에 쓸모도 없는 걱정과 상념, 두려움 그런 것들을 내 힘으로 붙잡고 섰다. 마음 가는 길이 엉망이었다.

나의 괴로움을 내가 키워 내고 있음을 느낄 때, 그때야말로 단순해져야 할 때다. 흔들리는 마음은 흘러가게 두고, 버

행복은 불행을

리지 못하면 잠시 보관하는 마음으로. 쏟아지는 부정에 속지 말고 마땅히 누려야 할 삶의 기초를 행해야 할 때. 대부분 한 숨 자면 괜찮아질 것들이었고, 맛있는 음식 한 입과 숨찬 운동 한 번이면 잊히는 불안이었고, 따뜻한 물로 씻고 나오면 개운해지는 마음이었으므로.

분명 괜찮아도 되는데 괜찮지 않을 때,
우리 조금은 단순해져야 한다.
내 삶의 기초가 되는 것부터
꼼꼼히 챙겨야 한다.

감정은 쉽게 퍼져 나가는 만큼
생각보다 쉽게 사라진다.

밀려오는 감정 덮어 두고 사는 이들이 많다.

무엇이 무엇인지 알 수 없도록. 일상 아래 덮인 외로움, 무거운 책임감, 먼 곳의 꿈, 바쁘게 돌아가는 시계, 나아가는 사람들, 이유 모를 공허. 누구의 누구라는 이유로 기댈 곳도 없이 견뎌 온 사람들. 참고 참다가 참는 게 습관이 된 사람들. 함부로 무너지지 않도록, 쉽사리 잡아먹히지 않도록 애쓰고 애쓰면서. 손끝에 닿은 감정을 억누르며 내일로, 또 내일로 쓰러지듯 걸음을 보채는 사람들.

외로워도 외로운 줄 모르고 지나치고, 우울해도 우울한지 모르고 살아간다. 함께인 게 익숙해서, 혼자인 게 익숙해서. 그 속에서 맴도는 외로움마저 익숙해서 당연한 감정이 되어 버렸을 때, 아무렇지 않은 사람이 되어 버린다. 아무렇지 않아야 할 것만 같은.

당신이 그랬다. 목표를 향해 멈추지 않고 달리는 모습이, 이겨 내야만 했던 욕심이, 웃음 뒤에 내려앉은 쓸쓸함이, 어차피 인생은 고단할 수밖에 없다는 듯 피곤을 무릅쓰고 일어나 빽빽이 살아 내던 당신의 하루가 그랬다.

기대어 살아갔으면 했다. 우리 덜 외로울 수 있도록, 덜 지칠 수 있도록 버티게 하는 것들로부터. 그래도 다행이지. 마음 한편 나눌 수 있는 사람 한 명쯤 있고, 이루고 싶은 목표 하나쯤 있고, 그래도 이리 살아 있기에 뭐라도 해내려 다시 눈을 반짝일 수 있으니. 내 감정 내가 몰라도 알아주는 사람이 문득 생기고, 지금 잘하고 있는 건지 아득한 시기가 지나면 그땐 잘하고 있었구나 느끼게 될 때가 오고, 억누르던 게 한 번에 터져 울음 쏟게 된다 해도 눈물 아까울 일 없으니까.

정말 고생했다. 혼자서 버텨 내느라 정말 고생 많았겠다.
솔직히 많이 힘들지. 자주 힘들었지.
아무 말 안 할 테니 언제든 잠시 기대라고,
당신에게 말하고 싶었다.

행복은 불행을

너의 해맑음이 좋아.

오늘도 어떻게든 힘내어 살아가려는

너의 불안과 의지가 좋아.

어둠에 속더라도 기어이 빛나려는

너의 끈질긴 희망이 좋아.

사랑할 수 있고 살아갈 수 있도록

이곳에 존재하는 네가 좋아.

당연할 만큼 익숙해진 것들

삶에서 가장 중요한 건 이미 내게 있는 것들이다. 일상에 깊이 스며들어서 습관처럼 존재하는 것들. 너무 당연해져서 새로울 게 없는 그런 것들. 흰 쌀밥, 현관에 있는 신발, 깨끗한 물, 생일, 우리 딸 우리 아들 다정히 부르는 목소리, 감사를 느끼는 것도 찰나에 불과한. 그것들이 사라졌을 때 우리는 말도 안 되게 불편해진다.

어릴 적 단돈 백 원이 모자라 먹고 싶던 석쇠 불고기를 포기한 날이 있다. 평소엔 거들떠보지도 않던 잔돈. 뒹구는 백 원 어디 없나 집 안 곳곳을 뒤졌던 기억이 난다. 그마저도 내겐 당연했던 거다. 백 원 정도는 언제나 당연히 있을 거라고. 나 가끔 내 옆에 그 사람이 없어져도 평소처럼 살 수 있을 것 같았던 나를 불안하게 기억한다. 그래서 나 가끔 우리 멀어지면 너무 슬퍼질까 두렵다. 그리고 그게 불가피한 순리인 줄

행복은 불행을

알면서도 자꾸만 영원을 바란다. 당연해질 만큼 나를 채워
내는 것들을 경계하게 된다. 익숙해질 무엇이 두려워 멀찍이
떨어지게 된다. 평생 가깝고 싶단 바람이 나를 기어코 뒤로
물러나게 했다. 잃어버릴 준비를 한다는 건, 영영 잃고 싶지
않은 마음이란 걸 알면서도.

기꺼이 행복할 수 있기를

나를 가장 행복하게 만들던 것이 나를 가장 불행하게 만들었고, 나를 살고 싶게 하던 것들이 사라졌을 때 나는 이만 죽고 싶었다. 삶에 어느 사랑도 느껴지지 않을 때, 어떤 것도 애정하지 않을 때 나는 무력해졌다. 그건 내가 나조차도 사랑하지 않는단 것이었고 무엇도 함부로 사랑할 수 없어졌다는 뜻이었다. 해가 뜨고 해가 지듯 뒤따라왔다. 행복하면 곧 불행할 거라고 기뻐하면 곧 슬퍼질 거라고, 기대하면 곧 실망하게 될 거라고. 기다리고 원하던 마음들이 끝끝내 들어서더라도 곧이곧대로 받아 내지 않고 무진했다. 절반만 담고 절반은 공중에. 그럼 뒤따라오는 것들도 절반만 느끼겠지. 덜 기뻐하면 덜 슬프겠지. 덜 사랑하면 덜 아프겠지. 그럼 덤덤히 살아갈 수 있겠지. 그렇게 나누어 담는 버릇이 모든 걸음을 주저하게 했다. 어디에도 과감히 뛰어들 수 없는 사람처럼.

행복은 불행을

불행하지 않으려고 행복을 밀어내는 사람처럼. 사라져도 모를 행복만 기꺼이 주워 담으며.

저마다의 외로움

사람은 마음 둘 곳 없을 때 외롭다. 있어야 할 게 없을 때 외롭고, 잃었을 때 외롭다. 목표를 잃었을 때, 가진 힘이 없다고 느껴질 때, 여기서 무너지면 다 사라질 것 같을 때. 나를 채워 주던 마음이 있다가 없어졌을 때. 머리는 아니라고 하는데 마음은 자꾸 저기를 향해서 이 길 위에 나 혼자인 기분일 때 외롭다. 보고 싶은데 볼 수 없고, 쉬고 싶은데 쉴 수 없을 때. 울고 싶은데 울 수 없고, 달려갈 곳도 무너질 곳도 쉬어 갈 자리도 없다고 느껴질 때. 살아온 날이 의미 없이 여겨질 때 외롭다. 이 쓸쓸함, 잠시 다녀가는 감정인 걸 알면서도, 버려진 게 아니란 걸 알면서도 유기된 기분일 때 외롭다. 그리고 오늘도 그 외로움 이겨 내며 살아간다. 그 쓸쓸함 밀려나길 기다린다. 저마다의 방식으로.

행복은 불행을

도망치고 싶다.

직면하고 싶다.

나아가고 싶다.

어김없이 반복되는 세 가지 소망.

애써 외면했던 것들

　그게 가장 안타까운 것이다. 모르고 지나온 것들. 사랑을 사랑인 줄 모르고 헷갈린 것, 외로워도 외로운 줄 모르고 방황한 것. 소중해도 소중한 줄 모르고 당연시한 것. 힘들어도 힘든 줄 모르고 돌보지 않은 것. 행복해도 행복인 줄 모르고 불평한 것. 젊어도 젊은 줄 모르고, 지쳐도 지친 줄 모르고, 아파도 아픈 줄 모르고 방치한 것. 그땐 알아도 이만큼 몰랐었지. 귀해도 귀한 줄 모르고 더 큰 걸 바랐고, 곁에 있어도 있는 줄 모르고 소홀했다. 어쩌면 사라질 것을, 지나갈 것을 무엇보다 잘 알아서. 결국 그렇게 될 것을 알았기에 애써 외면했던 걸까. 오늘 날씨가 얼마나 화창한지 알아도 창문 한 번 열지 않던 날처럼 차라리 모르고 싶었던 날들. 뒤돌아보니 그때 그랬었구나, 나 고생했구나, 그거 사랑이었구나 느끼게 되는 것들. 또 무엇을 모르고 지나가는 중일지 문득 두려워지는 마음. 그게 그토록 안타까웠다.

행복은 불행을

다 괜찮으니 잘 지내기를

잘 지내냐는 물음에 거리낌 없이 잘 지낸다고 답할 수 있기를. 거울 속 내 모습이 편안할 수 있기를. 내 공간 깔끔하게 정리하고 내 몸 소중하게 다루며 나 혼자만의 시간 귀하게 쓸 줄 아는 사람이 되기를. 불편을 감사로, 고독을 평온으로 바꾸어 낼 수 있기를. 시간도 마음도 돈도 허투루 낭비하지 않기를. 또한 쉽사리 낭비라고 치부하지 않기를. 지난 자신을 자세히 탐구하기를. 반성하고 용서하고 존중하기를. 안 되지 않을까란 염려보다는 잘될 거란 희망을 가지고 결과가 어떻든 다음으로 발을 내디딜 수 있기를. 나와 타인에게 너그러운 사람이 되기를. 이해와 오해는 손바닥과 손등처럼 한 끗 차이임을 알기를. 머리맡에 놓인 새벽이 공허하지 않기를, 아침의 알람이 반가울 수 있기를. 불행에 익숙해지지 않기를. 행복을 해로운 쾌락에 던져 놓지 말기를. 내가 살아 있음이 느껴지는 시간을 꼭 찾아 누리기를. 사랑을 아끼지 않기를. 오늘을 떳떳이 살아가기를. 다 괜찮으니 부디 잘 지내기를.

즐겁게 살아가자

겉으로 봐선 모른다. 마냥 행복하게 만나고 있는 것처럼 보이는 연인도 이면에선 어떤 갈등을 겪고 있을지, 드세고 강인해 보이는 사람이 어떤 순수를 품고 있는지. 긍정과 확신으로 가득 찬 이의 내면에 어떤 부정과 불신이 도사리고 있는지 열어보지 않으면 모른다. 예쁜 패키지의 음료, 그러나 마셔보기 전까진 모르는 맛. 상상으로밖에 예측할 수 없는 구석의 사정들을. 나는 이렇게 죽어라 싸우는데 어떻게 저들은 매일 사랑으로 가득해 보일까. 내 삶은 이토록 험난한데 저 사람은 어쩜 저렇게 순조로워 보일까. 내 가정은 문제투성이인데 저 집은 왜 이리 화목해 보일까. 타인이 내보이는 정면과 나의 이면을 저울질하는 날이 허다하다.

모르는 일이다. 누가 어떤 마음으로 살아가는지. 겉으론 순하고 여린 사람의 내면에 어떤 굳건한 심지가 있을지, 초라

행복은 불행을

한 행색 속에 어떤 오색영롱한 꿈을 이루고 있을지. 보이는 게 전부라 섣불리 판단 당하고 증명받는 것이 꺼림칙해도 자연히 그럴 수밖에 없는 삶이지만, 우리 모두 결국은 내면의 평안을 바라고 있지 않은가. 비교의 중심은 오로지 자신이라는 것을 알면서도 시선이 밖으로 향하지 않았는가. 내 마음 처량하면 무엇도 소용없다는 사실을 배우면서도 그들과 나를 비교하여 불행을 자처하거나 행복을 쟁취하는 게 지금 무슨 의미인가. 다 자기 세상만큼의 기쁨과 슬픔을 쥐고 산다. 남들 인생은 아무리 알아도 모를 일이다. 축이 외부로 향할수록 내 마음에 내가 설 곳 없어지고, 내 마음 넉넉히 넓혀갈수록 바깥으로 다정과 사랑 꺼내어 나누어줄 일만 남는다. 즐겁게 살아가자. 좀 엉성해도 내 삶이 즐겁고 떳떳하면 어디에서도 바로 설 수 있다.

지나온 모든 걸음이 당신을 일으킨다

겨우겨우 나아갈 때가 많다. 마음처럼 되지 않는 일과 사람. 그에 따른 피로감, 좌절감, 상실과 불안. 견디다 보면 한계에 직면한다. 버티고 있음에도 더는 버티지 못할 것 같은, 언젠간 끝이 날 것만 같이 부질없는 기분으로. 그 끝이 희망인지 절망인지 모른 채 오늘에서 내일로.

뭐든 쉽지 않다는 건 안다. 하고 싶은 일을 위해서는 하기 싫은 일을 감내해야 하고, 휘청이는 날이면 애써 중심을 잡아야 한다. 내 마음 알아주지 않는 이에게 하고 싶은 말이 쌓여 가도, 꾹꾹 누른 마음이 나를 병들게 해도 내가 잘 소화해야 한다. 홀로 꿋꿋이 헤쳐나가야 할 것들투성이인 삶에서 우리는 요령을 익힌다. 해로운 감정들을 적당히 외면하고 덜어 내는 법. 하루하루 나만의 숨은 행복을 발견하는 법. 무심코 다시 기뻐지기 위한 일말의 의지. 그렇게 노력한다. 주

행복은 불행을

저앉지 않기 위해, 나를 지키기 위해 보이지 않는 노력이 매분 매초 이루어지고 있다. 아마 그 노력은 오늘 당신이 해 온 모든 것들이겠다.

나의 실패, 나의 도전
창피했던 날들, 이겨 낸 일들
부딪히고 무너지고
절망하고 서러워하고
그러다 다시 일어선 기억들이
결국 나를 지켜 주더라.

큰 고비가 왔을 때
내게 넌 버틸 수 있는 사람이라고
대신 말해 주더라.

당신에게 가장 고마운 사람

스스로 고마웠던 날이 있었나. 바깥에선 그렇게 "고마워.", "감사합니다." 잘만 말하면서, 내겐 '이렇게 살아 줘서 고마워.', '나로 태어나 줘서 고마워.' 한마디 제대로 해 보지 못했다. 뭘 하든 더 노력해야 한다고 자신을 엄격하게 대했다. 인간이라면 당연한 부족함을 꾸짖으며 나는 오늘의 행복을 얼마나 갈취하고 있었던가. 이젠 자주 해 주려 한다. 해 줘야만 한다. 내가 나에게, 내가 걸어온 길과 이곳을 향해서. 여기까지 오기 위해 이겨 낸 수많음과 뭐든 붙잡고 버텨 내던 기특한 장면들을 향해서. 오늘은 우리 모두가 자신에게 감사를 전할 수 있을까. 다른 누구도 아닌 당신에게. 존재해 줘서 고맙다고, 부족해도 괜찮고, 울어도 괜찮고, 다 괜찮다고. 애쓸 때도, 애쓰지 않을 때도 충분히 잘하고 있다고. 그런 나를 내가 가장 믿고 응원한다고. 그렇게 품은 마음으로 살아갈 수 있을까. 자주 행복할 수 있도록.

만족을 느끼기 위한 사소한 일들

좋아하는 음악 들으며 산책하기. 하루에 하늘 다섯 번 올려다보기. 노을과 달 사진 찍기. 감사한 일들 떠올리기. 칭찬하기. 모든 생각을 비워 내는 시간 가지기. 눈에 띄지 않는 구석까지 깨끗이 청소하기. 이불 빨래. 따뜻한 물로 샤워하기. 좋아하는 향수 뿌리기. 스트레칭. 내 생에 가장 젊은 오늘을 기록하기. 미래의 나에게 편지 쓰기. 읽다가 만 책 읽기. 나를 위한 요리. 제철 과일 예쁘게 깎아 먹기. 따뜻한 차 한 잔. 영양제 챙겨 먹기. 사랑을 그때그때 표현하기. 거울 보고 미소 짓기. 알고 보면 오늘도 행복했고, 지나고 보니 그때도 행복했다는 것을 기억하기. 지금 이 순간에 만족하기.

행복은 불행을

자주 행복하기 위해서

좋아하는 것을 많이 두며 살아야 한다. 좋아하는 사람, 좋아하는 음식, 좋아하는 옷, 좋아하는 동물. 색감, 촉감, 날씨, 향기, 시간. 나를 이롭게 만드는 것들이라면 그게 무엇이든. 내가 애정하는 것들은 곧 나의 취미가 되고 취향이 되어 어느새 삶의 모양을 이룬다. 나의 하루를 조성하고 나라는 사람을 만든다. 표정 잃은 얼굴로 거리를 걷다가도 지는 노을 바라보며 아름답다 느끼는 게 사람이고, 피로에 찌들어 다 귀찮게 느껴지는 하루라도 사랑하는 사람의 응원 한마디면 없던 힘도 생기는 게 사람이다. 무언가 좋아진다는 건 삶이 소중해진다는 거다. 살고 싶은 순간이 늘어난다는 거다. 느낄 수 있는 행복이 많아진다는 거다. 그러니까 좋아하는 게 많으면 많을수록, 그것들과 가까우면 가까울수록 우리의 삶은 좋은 순간들로 둘러싸이게 된다. 자주 행복하게 된다.

나와 내가 친해지는 일

점점 취향이 확고해진다. 내가 어떤 사람을 좋아하는지, 내가 무슨 음식을 좋아하고 어떤 음악을 즐겨 듣는지. 내가 추구하는 삶은 어떤 형태인지. 예전엔 그저 좋아하기만 했던 것들을 이제는 '왜' 좋아하는지 알게 된다. 그 이유엔 늘 지난 시절이 있다. 지난 연애, 가족, 학창 시절, 짙게 남은 기억과 버릇들. 그런 것들을 자세히 알아낼수록 나는 나와 가까워진다. 나를 인정하게 된다. 누군가는 안정을 사랑이라고 느끼고, 누군가는 불안을 사랑이라고 느낀다. 누군가는 적막을 편안이라고 느끼고, 누군가는 함께 있어야 편안함을 느낀다. 내 속에 숨은 마음은 그때 드러난다.

유독 내 눈에 예뻐 보이는 색, 나도 모르게 끌리는 이성, 나와 가장 친한 친구의 모습, 쟁취하고 싶은 꿈이랄 것들. 내가 사랑하는 영화와 여행지, 손길과 말투, 사람과 주제. 이렇

행복은 불행을

게 나를 둘러싼 우주를 속속들이 알아 가며 내 마음이 향하는 길을 알게 되는 일. 내가 좋아하고, 나와 어울리는 것들을 구체적으로 찾고 영위하는 일은 자신과 가장 친해지는 일이다. 나로서 행복해지는 길이다.

하루하루 되새기는 것들

1. 꾸준함은 결코 배신하지 않는다. 누적이 기적을 만드는 법이다.

2. 마음처럼 되지 않는 일이 수두룩하다. 꼬이고 엉키는 실을 풀고 자르며 지낸다. 당연한 일이다. 때로 허탈하고 분노하고 긍정하고 순응하며.

3. 내가 힘들 때, 내 옆의 사람도 힘들다. 다만 웃고 있을 뿐이다. 견디고 있을 뿐이다. 다들 참아 내고 있다. 그러니 함부로 쏟아 내지 말 것. 저마다 타인은 감히 모를 사정 하나쯤 있다.

4. 건네주고 돌려받길 바라는 마음이 종종 야속했으나 나 또한 내게 바라지 않았으면, 하고 바라고 있었다. 우리는 무언가 바라기에 살아가는 거겠다.

행복은 불행을

5. 불안은 나를 이끈다. 더 나은 곳으로. 무엇이든 잘 사용하며 나아가길. 그게 사랑이든 믿음이든 열등이든 충돌이든. 나는 나를 더 온전한 곳으로 데려가야 할 의무가 있다. 그곳엔 내가 사랑하는 사람들이 있고 오늘보다 나은 오늘이 있다.

6. 무엇보다 잠을 잘 자고 음식을 잘 먹어야 한다. 좋은 음식 백 접시보다 엽떡과 초코 과자, 아이스크림 한 번 안 먹는 게 낫다. 사람도 그렇다. 좋은 사람 백 명보다 날 괴롭게 하는 사람 한 명 없는 게 훨씬 낫다.

7. 가끔은 도망쳐도 좋다. 너무 멀리만 가지 말자.

8. 사랑은 아낀다고 모이지 않는다. 사랑하면 사랑할수록 더 사랑하게 된다.

9. 사람은 결국 사랑으로 버틴다.

당신은 할 수 있어요.

그러니 우울하고 무기력해질지언정

헷갈리고 흔들리는 시간을 보낼지언정

포기하지 말고 이리저리 걸어가요.

어디에 어떤 꽃이 피어 있을지 모를 일이에요.

긍정으로 향하는 길

    사람의 손만 보아도 웬만한 질병은 알아낼 수 있다. 손바닥의 색, 손톱, 촉감, 손가락이 굽은 정도 등. 일부만 보아도 거북목이 있는지 신장이 약한지 생식기에 문제가 있는지 유추가 가능한 게 신기하지 않은가. 반대로 손바닥 운동만으로도 건강에 도움이 된다. 인체의 근육, 혈관, 움직임, 모든 게 신기하리만큼 연결되어 있다. 인간은 아주 사소한 곳에서부터 많은 게 드러난다. 찰나의 표정, 한 사람의 집 안에 있는 화장실, 베개, 서랍장, 핸드폰 케이스, 안광의 반짝임, 걸음, 고개가 향하는 곳, 뻔한 질문에 대한 대답, 물건을 잃어버렸을 때의 모습, 오르막길과 내리막길에서의 태도와 같은 것들.

    나 또한 자신의 사소함을 자주 관찰하며 지낸다. 내가 자주 쓰는 단어, 나도 모르던 습관과 노력들. 내가 무심코 하는 행동과 생각, 편견과 부정. 나를 관찰하며 새로이 발견하는 결핍과 충만함, 그 이유에 대하여. 그렇게 새로 알게 되는 것이다. 변했고 변해 가는 나를 끊임없이 알아내고 알아 가면서 끝끝내 인정하고 용서하는 일이야말로 안정을 향한 길이므로. 나를 안다는 건 내가 가진 사소한 부정들을 긍정으로 바꾸어 내는 힘에 있다. 내가 덮어 둔 상처들을 스스로 용서하고 치유하는 용기에 있고, 사랑과 미움의 근원을 찾고 깨닫는 과정에 있다. 그러하여 자신을 알고 긍정하는 것이 곧 타인의 존재까지도 긍정하게 되는 일이며, 안정된 마음으로 세상을 살아가는 방법이다. 알고 싶은 게 많아질수록, 알아갈수록 사랑은 커진다. 나에 대하여, 그리고 당신에 대하여, 우리에 대하여.

행복은 불행을

많이 힘들었겠다.

슬펐겠다. 지쳤겠다.

억지로 괜찮은 척 버티느라 애썼겠다.

여전히 신경 써야 할 일들은 많고, 매일 무릅쓰며 살아가지. 피한다고 해결되는 일은 없고 아무도 나 대신 살아 주지 않으니까. 나 대신 해내 줄 사람도, 나만큼 나를 잘 아는 사람도 없으니까. 언제나 행복을 느낄 수는 있지만, 그렇다고 해서 삶이 안 힘들 수는 없더라. 매일 무엇이든 견뎌 내야 했어. 스스로 괜찮다 속이기도 하면서. 그 굴곡 지나오며 점점 무뎌진다고들 해. 아마 똑같이 힘들어도 그걸 감당할 수 있을 만큼 단단해진 거겠지. 매끄럽게 비켜 가는 요령, 이만큼이나 걱정할 문제는 아니라는 끊어 냄, 전보다 빠르고 당차게 헤쳐 나갈 수 있는 용기 같은 게 생긴 거겠지.

가진 것보다 가지지 못한 것이 우릴 발전하게 했고, 미움보단 사랑이 우릴 일어서게 했으며, 성공보단 실패가 우리에게 더 많은 걸 알려 줬어.

그걸 가장 많이 아는 게 나니까. 앞으로 어떻게 살아갈진 아무도 모르지만, 내가 어떻게 살아왔고 어떻게 버텨 냈는지 가장 잘 아는 건 나니까. 스스로 잘 다독여 줘야 해. 지금 너무 긴장해 있어. 힘 좀 풀어도 돼. 나 진짜 고생했다. 분명 더 잘 해낼 거야, 하면서.

행복은 불행을

걸음이 느려질 때만

볼 수 있는 것들이 있어요.

느릴수록 아름다운 저녁노을처럼

점점 짧아지는 봄가을처럼.

조급한 마음을 내려놓아야만

깊이 담을 수 있는 것들이 있어요.

02.

사람은 결국

사랑으로 버틴다

힘듦을 알아주고 안아 주며

기억력이 안 좋은 내가, 네가 한 말이면 다 기억했다. 용건 없는 연락을 귀찮아하던 내가, 너라면 용건 따위 없이 안부를 물어 오길 기다렸다. 사랑으로 용납되는 것들이 늘어 갔다. 오늘은 네가 어떤 기분인지, 어젯밤 잠은 잘 잤는지, 낯빛만 봐도 알 수 있었다. 노력하지 않아도 알게 된다. 멀리서도 보인다. 기억하게 되고 살피게 된다.

오다 주웠다는 모양새로 무심히 챙겨 주는 손길에도 얼마나 큰 애정이 들어간 건지, 이것저것 별거 아닌 척 내어 주는 게 무슨 의미인지, 내가 두고 온 우산을 네가 먼저 알아채고 급해졌던 표정도, 내 위태로움을 단번에 느껴 주던 날도, 다 알면서 모르는 척해 주던 것들도, 참아 주는 애씀도. 너에겐 서툰 사랑일 거라 혼자 짐작하며 설렜다. 나와 비슷한 마음이길 원했다. 내가 너를 보고 싶을 때, 너도 내가 보고 싶기를. 내가 너를 사랑하는 만큼 너도 나를 사랑하기를, 내가 두려운 만큼 너도 두려워하기를.

사람은 결국

바라는 마음은 건네는 손길이 된다. 기다림이 되고 헤아림이 된다. 너의 옅은 한숨 뒤에 엉겨 있는 짐이 얼마나 무거운지. 터벅터벅 걷는 걸음 끝엔 또 어떤 무게가 실린 건지. 바깥의 얼굴을 내려놓은 표정에 서린 근심. 너의 지난 삶은 얼마나 고된 걸까, 혼자 헤아리게 된다. 힘들었겠다. 지금도 참 힘들겠다. 덜 힘들게 만들어 줘야지. 그것이 나의 사랑이었다. 숨가쁘게 살아가는 당신이 맘 편히 쉬어 갈 수 있도록, 괜히 아파서 골골댈 일 없도록 지켜 주고 싶었다. 덜어 주고 싶었다.

우리의 힘듦은 누군가 알아주는 것만으로도 조금 덜어진다. 몸과 마음 만신창이가 되어 너덜거려도, 혼자 감당할 일이라며 숨겨 두어도, 알아주고 안아 주는 사람이 있으면 숨쉴 구멍 하나가 더 생기는 것이다. 그렇게 오늘 버티고 내일 버틴다. 버텨 본 기억으로 또 다음을 버텨 낸다. 이것이 혼자가 편한 세상일지라도 사람 옆에 사람이 있어야 하는 이유다. 내가 너로 인해 버티고 있으니, 너도 나로 인해 버틸 수 있도록 변명 없이 내어 주는 사랑의 작용이다.

"내 힘듦을 알아줘서 고마워. 이건 보고 싶다는 마음을 대신하는 말이야."

아물지 않은 상처를 알아보듯

자신도 모르게 비슷한 상처를 가진 사람의 곁으로 가게 된다. 운명의 실이라도 있는 건지. 너의 이야기를 들을 때마다 사실 나도 그랬다는 말을 머금었다. 남들은 쉽게 이해하지 못할 말을 우리끼리는 척척 알아듣게 되는 것도 그런 걸까. 그래서 더 편하게 얘기할 수 있게 되었나. 우리는 분명 다른데, 나를 온통 꺼내 놓아도 너한테선 흘러넘치지 않는 게 신기했다. 너를 내게 쏟아부어도 자꾸만 감당하게 되는 게 이상했다. 이해할 수 있는 것들이 늘어 가고 이해받을 수 있는 내가 늘어 갔다. 내가 좋아하는 것들을 네가 좋아할 때. 네가 싫어하는 것들을 나도 싫어할 때. 나만큼이나 네가 이상하고 별난 사람일 때. 일말의 노력 없이도 이해할 수 있을 때. 시시콜콜 주고받는 대화가 이상하리만큼 익숙할 때. 우리 생판 남이었던 그곳에서 한 번쯤 스치기라도 했던 건지.

지금이 아니어도 어떻게든 알게 되었을 것처럼, 언젠가 꼭 만날 운명이었던 듯이 돌고 돌아 내 앞에 있는 사람이 그랬다.

내가 나를 사랑할 수 있게 하는

좋아하면 그 사람과의 공통점을 찾게 된다. 이게 비슷하네, 저것도 비슷하고, 우리 꽤 비슷한 사람이다. 신기하다. 그럼 혹시 이것도 비슷할까, 저것도 비슷할까. 내가 모르는 당신의 모습은 또 뭐가 있을까. 조용히 묻는다. 비슷함 속에 엿보이는 다름이 사랑스럽다. 내가 하지 못하는 생각을 당신은 하고 있다. 내가 놓쳐 버린 모습을 당신은 선명히 지키고 있다. 난 이게 흠이라 생각했는데, 일평생 고치고 싶었는데, 당신은 나와 닮은 그걸 떳떳하게 걸치고 다닌다. 내가 하려던 말을 당신이 먼저 한다. 같은 시선을 느낀다. 당신의 문장에서, 당신의 몸짓에서 또 다른 나를 발견한다. 그때마다 왠지 나도 당당히 살아가게 된다. 당신은 나를 그렇게 만든다. 그래도 되는 사람으로 만들어 준다. 나도 버리고 살던 내 그림자를 안아 주며 사는 당신을 보면서. 나도 당신처럼 사랑스러

운 사람일 수 있겠구나 느끼게 만든다. 내가 나를 사랑할 수
있게 만든다.

우리의 닮음은 우리의 다름까지 사랑하게 만든다.

어쩌면 사랑은

좋은 사람을 만나면 내가 좋아진다.
나에게 좋은 사람이란
내가 나를 좋아하게 해 주는 사람.

너는 내가 싫어하던 내 모습을 오히려 좋아해 줘.
나의 어설픔이 너에겐 챙겨 주고 싶은 마음이 된대.

숨은 나를 발견해 주는 사람.
닫힌 나를 열어 주는 사람.

너는 나와 닮았다가
나와 달랐다가
나보다 아이였다가
나보다 어른인 사람.

나도 그래.
네가 싫어하는 네 모습,
나도 오히려 좋아.

사람은 결국

너의 서투름도

내겐 챙겨 주고 싶은 손길이 돼.

그렇게 섞이는 거겠지.

물드는 거겠지.

좋은 마음으로.

긍정으로.

너는 하루에 하나씩 알려 준다.

행복은 불행을 이길 수밖에 없다는 사실.

모두가 피어나고 있다는 사실.

우리는 만나기 위해

떨어져 있었다는 사실.

온갖 걱정을 무찌르는 게 사랑이라면,

애초에 우리, 걱정 따위 하지 않아도

잘 살아 냈을 텐데.

어쩌면 사랑은 말이야.

감춘 어둠을 밝히는 게 아니라,

어두워도 괜찮다고 알려 주는 걸 수도 있겠다.

함께일 때 편하고 즐거운 사이

예전엔 편하고 즐거운 게 이토록 희소하고 소중한지 몰랐다. 적당히 불편해서 더 설레는 사람, 나와 안 맞는 것 같지만 끌리는 사람. 그런 사람들에게 마음이 쏠렸다. 잘 알지 못했을 때, 너도 나를 잘 모르고 나도 너를 잘 모를 때, 하물며 나조차도 나를 잘 모를 때 시작된 사랑이 외려 내가 어떤 사람이고, 어떤 기질을 지녔고, 어떤 모습을 참아 내는지 잘 알게 해 준 건지도 모르겠다만.

한 해 두 해 지나며 맴돌던 제자리를 찾아가듯 이젠 편하고 즐거운 사람에게 사랑을 느낀다. 서로가 서로를 든든히 받쳐 주고 남들 모르는 표정을 나누며 이해하려 하지 않아도 이해할 수 있는 사람. 우리의 어지러움, 유약함, 우울과 웃음, 청승맞은 대화와 장난. 아무도 모르는 내 표정 너는 알고, 아무도 모르는 네 표정 내가 알아주면서. 물렁한 비밀을 사이에 둔 채 손을 잡고. 세상엔 아직도 맘껏 믿을 수 있는 사람이 있구나. 의지하고 믿어 주고 잡아 줄 수 있는 네가 있어서 나 너무 든든해. 살면서 고맙다는 말을 제일 많이 한 거 같아. 속이고 떠나갔던 과거를 흘러가게 두고 앞을 바라보며. 우리 그 시절들을 지나왔기에 더 마음 놓고 열 수 있는 게 아닐까. 의문 없이 바라볼 수 있음에 더 바랄 게 없는, 그런 사람에게 사랑을 느낀다.

너의 품에 안긴 날

"안아 줘." 하며 달려가 품에 안긴 날, 꼭 안고 있으면 여기 우리만 있는 것 같았다. 손을 꼭 잡으면 어디든 같이 떠날 수 있을 것 같았고, 웃다가 눈이라도 마주치면 쉽게 행복해졌다. 아, 행복하다. 네가 그렇게 말하면 나도 행복해져서. 내가 행복해하면 너도 그게 좋다고 웃는 게, 그게 뭐라고 특별했다. 품이 따뜻하게 느껴지면 너는 내게 위로라는 거겠지. 네 말 한마디에 하루가 충전되는 걸 보면 나 원래부터 더 해낼 수 있는 사람인 거겠다. 우리에게 밝은 미래가 그려지면 서로를 환하게 비추고 있단 뜻일까. 내 이름 연달아 부르며 나를 찾을 때, 틈만 나면 낭창히 미래를 약속할 때, 내 옆에서 빤히 바라보고 있을 때, 다정하게 날 쓰다듬을 때, 잊지 못하고 살던 것들이 점점 잊혀졌다. 나를 사랑으로 이끄는 사람, 따뜻한 품, 다정한 문장과 약속. 그런 것들에 쉽게 행복해진다. 네가 옆에 있다는 사실만으로도 행복이 쉬워진다.

사람은 결국

"너는 대체 목표가 뭐야?"

"너랑 사랑하기가 목표인데?"

"헐…. 그럼 너는 삶이 사랑인 거야?"

"난 원래 삶은 사랑이라 생각하는데."

한 사람을 사랑하는 일

한 사람을 사랑하면 그의 생을 사랑하게 된다. 그의 전부를 사랑하게 된다는 말이다. 그리고 그 사랑은 나를 한껏 바꿔 놓는다. 평소엔 안 먹던 음식 네가 좋아한단 이유로 몇 번 먹고는 외려 내가 빠져 버렸다든지. 어딜 가든 뭘 빠뜨리고 다녀서 우리 머무른 자리 뒤돌아보는 습관이 생겼다든지. 뭐든 금세 질려 하던 내가 묵묵히 끝을 향하는 네 근성을 배워 버렸다든지. 그냥저냥 되는대로 살아가자며 욕심을 내려놨던 내가 억척스러운 너의 열정을 닮아 버렸다든지. 잘 웃는 너를 보며 나도 잘 웃게 되었다든지.

너로 인해 변해 가는 내가 좋았다. 할 수 있어, 잘했어, 예쁘다. 그런 말을 계속해 주니까 나 정말 잘할 수 있는 사람이 된 것만 같아서, 괜찮은 사람처럼 느껴져서 더 열심히 살아

내고 싶어진다. 한 사람을 사랑하게 되었다는 이유로 나의 생이 바뀌기도 한다. 그리고 이 변화를 평생 기억하겠지. 살아가는 동안.

사랑은 나를 변화시킨다.

할 수 없던 일을 하게 만들고

두렵던 길을 가게 만들고

이겨 낼 수 있게 만들고

괜찮은 사람이 되고 싶게 만든다.

불가능을 가능으로 만드는 사랑.

용기를 주는 사랑, 사랑이 주는 용기.

한 사람을 사랑하게 되었다는 이유로

나의 생이 바뀌기도 한다.

서로가 힘을 합쳐 쌓아 가는 사랑

오랜 사랑을 나눈다는 건, 마음 한편 든든한 집을 두었다는 것. 하나부터 열까지 우리 손으로 차곡차곡 지은 집에서 온 계절을 보내다가 어디 고장 난 곳 있으면 힘을 합쳐 고치고 세제라도 떨어진 날이면 누가 먼저랄 것 없이 채워 넣듯, 때론 가족보다 가족 같은 당신과 우리만의 시절을 채워 가는 일. 비극적인 영화 한 편에 꺽꺽 울다가 빨개진 당신 코를 보며 터지는 웃음처럼 세상에서 제일 재밌는 사람과 함께 살아가는 것. 비 오는 새벽, 잠에 든 당신 몰래 창문 닫아 주곤 옆으로 가서 슬그머니 눕는 다정. 서로가 서로의 등받이가 되어 생의 무게를 덜어 주는 일. 지친 하루 끝에 잠긴 목소리를 귀담아 들어 주는 일. 외부로부터 보호받는 아늑한 쉼터. 시간이 지날수록 견고해지고 시간이 흘러도 녹슬지 않는, 마음 한 곳에 지어진 든든한 집에서 우리가 주고받은 날들을 앨범처럼 모아 가는 일. 언제나 사랑받고 있다는 믿음을 줘고 밖으로 나설 수 있는, 한 치의 망설임 없이 서로의 편이 되어 주는, 질리도록 사랑해도 질리지 않는 그런 사랑을 나눈다는 것.

아낄 수 없는 게 사랑이구나

누군갈 사랑한다는 건

노력이 아깝지 않아지는 것.

돈과 시간, 머나먼 거리와 한숨의 잠,

오래도록 지켜 온 습관과

취향이랄 것들이 아깝지 않아지는 것.

낭비라 여겼던 감정이 와르르 쏟아지는 것.

참고 견디어지는 것.

이해하지 않아도 될 것을 굳이 이해하게 되는 것.

어느 날 엄마가 다 큰 딸 용돈 쥐여 주며 말했다.

"이걸로 옷 한 벌 사 입어."

"엄마 옷이나 하나 더 사지."

"이게 엄마 행복이야."

그때 깨달았다.

내 사랑은 당신을 보고 배운 거구나.

무엇도 아낄 수 없는 마음이구나.

사랑이라 깨달을 때

내가 이 사람을 정말 사랑하는구나, 느낄 땐
내게 없는 모서리까지
꽉 끌어안고 싶을 때.

사랑이 깊어진다는 것은
설렘에 가려 보이지 않던 것들이
하나둘 보이기 시작했을 때
그것마저 꽉 끌어안고 싶어지는 것.

내가 정말 사랑받고 있다고 느낄 때는
시간이 흘러 당연해진 것들까지
네가 꽉 끌어안아 줄 때.

사랑

밥 먹었어? 배 안 고파? 영양제도 챙겨 먹고. 아프면 안 돼. 깨지 말고 푹 자. 예쁜 꿈 꿔. 잘 잤어? 오늘 너한테 한 번이라도 활짝 웃을 일이 생겼으면 좋겠어. 나 요즘 더 열심히 살고 싶어져. 너한테 더 자랑스러운 사람이 되고 싶어서. 그리고 행복해. 네 덕분에. 든든해. 보고 싶다. 이거 봐 봐. 너랑 잘 어울려서 사 주고 싶은 거. 귀엽지? 이 노래 좋다. 같이 듣자. 네가 내 옆에 있어서 다행이야. 정말로 그래. 난 언제든 네 편이야. 네가 행복했으면 좋겠어. 이제 진짜 봄인가 봐. 날이 따뜻해. 곧 바다 보러 가자.

사랑은 이 모든 마음을 어떻게 표현할지 몰라서 만들어진 말 같다.

나 요즘 이상하게 계속 행복해.

근데 방금 네 덕분이라는 걸 깨달았어.

난 네가 이상해서 좋아

그는 내가 이상해서 좋다고 했다. 이상하다가도 멀쩡하고 멀쩡하다가도 이상한 내가 안쓰럽다가 동경하게 되고 애틋하다가도 의지하게 된다고 했다. 떠나가지 않을 것 같다가도 떠나갈 것만 같았고, 얼음장 같다가도 뒤돌면 녹아 있다고. 세상과 어울리지 않는 것 같으면서도 어디에 있든 그럴 듯한 사람. 슬퍼할 것 같았는데 아무렇지 않은 사람. 살아났다가도 다시 죽어 가는 사람. 모르지만 알 것 같고 잘 알지만 모르겠는 사람.

특별한 사람으로 만들어 줬다. 특별하면 굳이 특별하지 않아도 될 것 같았다. 괜찮으면 애써 괜찮아지려 하지 않아도 되는 것처럼, 괜히 그랬다. 특별하단 말이 소중하단 말처럼 들렸다. 특별했다.

우리만의 사랑

둘만의 말투

둘만의 애칭

둘만의 표정

둘만의 꿈

둘만의 다툼

둘만의 기대

우리 둘만 아는 것들이 좋아.

우리만 할 수 있는 사랑 같아.

사람은 결국

오늘 더 사랑하자

우리 오래도록 사랑하자. 구불한 길을 함께 걷다가 오르막 내리막 거친 숨 기다려 주며 당기고 밀어 주고 바쁜 걸음을 맞춰 걷자. 찬바람 들어오지 않게 서로를 지켜 주자. 마음껏 기울어지자. 질리도록 포옹하고 닳도록 바라보며 함께 늙어 가자. 억수 같은 비가 쏟아져도 서로의 지붕이 되어 주면서. 익숙한 숨소리를 들으며 잠들고 잠에서 깨도 곁에 있음에 안심하고, 서투른 실수도 사랑으로 덮어 주며 서로의 굳건한 편이 되어 주자. 예쁘게 귀엽게 즐겁게. 우리가 민나 다행인 날들로 채워 가자. 사랑해. 사랑해요. 사랑합니다. 보고 있어도 보고 싶은, 사랑하고 있어도 더 사랑하고 싶은 마음으로. 세월이 흘러도 지금처럼 든든한 마음으로 질긴 사랑을 하자. 오늘보다 내일 더 차오르는 사랑에 기대어 오래오래 행복하자.

"나한테 더 바라는 건 없어?"

"하루에 한 번이라도 네게 행복한 일이 생긴다면
그걸로 충분해 난."

바다로 떠나자는 약속

"바다에 가자. 바다 가고 싶다."

무더기 같이 쌓인 일상에 허겁지겁 쫓기다 주저앉을 때쯤 그는 바다에 가자고 했다. 바다를 좋아한다. 바닷바람을 좋아하고 물과 풀을 좋아하고, 사서 하는 고생을 좋아하고, 멋대로 뛰어드는 걸 좋아한다. 생뚱맞은 길을 좋아하고, 어디서부터 흘러온지 모를 파도와 물결을 좋아한다. 해변 곳곳에 파묻힌 조개껍데기를 주워 집으로 돌아오는 길을 좋아하고, 만지작거리던 소라 껍데기를 귓가에 가만히 대고 있는 걸 좋아한다. 인적 없는 밤바다에 나란히 누워 깜빡 잠드는 걸 좋아한다.

바다, 두 글자가 주는 안락이 이렇게나 많다. 우리 바다 가자는 말은 아마 나의 기분을 잠깐이나마 풀어 주려는 묘책이었겠지만, 좋아하는 장면들을 두둥실 떠올리는 말이자 다정이고 위로였다. 요즘 힘들지 고생했어. 너도 나도 고생 많았지. 우리 얼른 떠나자. 홀가분하게 도망치자. 쌓인 일들 다 쳐내고 우리 좋아하는 곳으로 가자. 투명한 물에 발을 담그고 꽃게도 잡고 라면도 끓여 먹자. 그러니까 조금만 더 버텨 보자. 우리에겐 도망칠 곳이 있으니까 괜찮아. 그런 말로 들려서. 숨 돌릴 곳 준비해 놓았으니 지금은 어디든 힘껏 나아가자는 말로 들려서 뭉그러진 마음 가다듬게 된다.

그마저도 낭만이었던

낭만을 아는 사람이 좋다. 불편의 틈에서 행복을 잡아 내는 사람. 우리의 낭만을 낭만이라 알아채는 사람. 그런 당신과 지난 기억을 나눠 가지는 게 좋다. 내겐 맥주 한 캔, 과자한 봉지의 소탈함이 낭만이었고, 건물 사이로 비치는 달이 낭만이었고, 냉큼 바닷물에 빠져 웃어 대는 순간이 낭만이었다. 어두운 골목 우리 둘만 들리는 걸음 소리, 언제 지난지모를 새벽, 따라서 흥얼거리던 노래, 내도록 주고받던 대화, 같은 반찬을 집으려던 젓가락, 시답잖은 농담에도 웃어 버리는 입, 포옹, 흐트러진 머리칼, 부은 얼굴, 아침 햇살. 그런 게모두 낭만이었다. 낭만이라 말하던 당신이 낭만이었다. 머물러 곱씹게 되는 순간들, 우리 생에 찾아온 불규칙한 기쁨들을 잘 모아 두는 사람. 해 질 녘 하늘 아래서 잠시 멈춰설 줄아는 사람. 아름다운 장면 하나에 낡은 마음 씻어 낼 줄 아는 사람과 틈틈이 발견하는 행복이 좋다. 시시한 하루를 무수한 낭만으로 바꾸어 내는 당신이 좋다.

내가 사랑한 사람들은

넌 네가 어떤 사람을 좋아하는지 잘 아는 것 같아. 그래서 네가 좋아했던 사람들은 신기하게 어딘가 비슷해. 넌 취향이 확실해. 그리고 어려워. 남들이 좋아할 만한 거엔 별 관심 없고 남들이 들춰 보지도 않을 만한 거에 잔뜩 끌려 해. 친구가 나를 보며 말했다.

내 세계를 넓혀 주는 사람. 내 취향을 분산시키는 사람. 분명 나를 닮았는데 나와는 다른 사람. 교집합과 차집합을 웃도는 호기심. 그럼 궁금해. 궁금해서 묻고 묻다가 그 사람 색채가 나한테 묻어. 걔한테도 나를 묻히고 있다는 게 느껴져. 그러다 동정하고 존경하고 시답잖은 말에도 깔깔 웃고 행복하길 바라다가. 숨 쉴 구멍이 필요할 때, 울고 싶을 때 그 사람이 떠오르면 사랑하고 있다는 거야.

사람은 결국

나의 눈은 너의 눈을 닮아서

　새로운 사랑이 퍼질 때 언제 가장 겁나는지 알아? 그 사람이 나를 닮았을 때. 그 사람한테서 내가 보일 때. 복잡한 사람을 사랑하게 됐는데, 기시감과 미시감이 교차할 때. 그런 순간이 오면 가장 무서웠어. 우리 언젠가 그렇게 말했지. 살다 보면 다 되돌려 받게 된다고. 내가 받은 상처들을 돌이켜 보면, 모두 내가 과거에 줬던 상처라는 걸 느끼고야 말았다고. 그러니 아무도 탓할 수 없어. 고스란히 받아 내는 수밖에 없었어. 미안한 사람, 고마운 사람. 그런 사람들이 계속 생겨날수록 겁이 쌓이는 거야. 아무에게도 상처 주지 않고 아무에게도 상처받지 않으려는 마음은 이미 저 멀리 두고 와 버린 것처럼. 부드런 몽돌길은 다 지나온 것처럼. 언젠가 이 벌이 끝날 때가 올까. 우리가, 우리가 닮아서 다행인 날이 올까. 반갑게 사랑할 수 있는 날이 올까. 그런 생각을 너도 한 적이 있을까.

내 사랑은 너를 통해 나를 찾는 일이었다.

알고 싶다가 보고 싶어지는

보이는 것보다 보이지 않는 것이 궁금한 법이다.
말하지 않으면 알 수 없는 것들.
들어도 다 알지 못하는 것들.
섬세히 보지 않으면 지나칠 만한 것들.
당신에게는 익숙한 것들.
나에겐 그게 당신이 가진 세계다.

그리고 그 세계는 대부분 겉으로 드러난다.
자세와 목소리, 눈빛과 표정, 걸음과 시선, 취향과 옷차림.
적고 발설하는 문장들이 만든 습관과 버릇들.

한 사람의 세계에 빠지는 일이란
이처럼 세세한 조각들을 관찰하고 이해하다가
나도 모르게 스며드는 일이었다.

우리를 사랑하기로 해

사랑할 땐 그를 사랑하는 내 모습마저 사랑한다. 언제나 곁에 있을 거라고 말하던 사람의 곁을 사랑하고, 대차게 다투고 어긋나도 슬쩍 째려보며 다시 손을 맞잡던 서툰 화해를 사랑한다. 헤매고 서둘러도 한 자리에서 나를 지지하는 넉넉한 품에 기대어 산다. 서로에게 뒷걸음질 칠 일 없다는 믿음이 우리를 지켜 주니까. 우리는 서로를 슬프게 두지 않기로 해. 숨을 꾹 참지 않기로 해. 그러다가 혼자여도 괜찮은 사람이 되기로 해. 평온과 불안을 나눠 가지며 순간을 채우고, 흔한 말투에 서운해지더라도 그것마저 사랑하기로 해. 서로의 기억을 찾아 주고, 지문마저 닮아 간다 착각하며 슬퍼도 슬퍼진 줄 모르고 누워 잠들기로 해. 아침이 되고 밤이 되어도 고요한 곁이 되어 주면서. 너도 너를 사랑하는 사람이 되기로 해.

사람은 결국

"난 살면서 외롭다는 걸 느껴 본 적이 없어.
우울하다는 생각도 해 본 적이 없고. 넌 있어?"

"난 있지. 나도 예전엔 몰랐어.
내가 외로운지 우울한지 그런 거 모르고 살았어.
그래서 외롭다는 사람들이 신기했어."

내가 내뱉던 말을 네가 똑같이 뱉을 때
우린 비슷한 외로움을 가졌구나 생각했어.

그때부터였나.
나 외로울 때마다 널 찾게 된 게.

사랑인 줄 모르고 사랑했고, 사랑인 줄 착각
하며 이어 갔던 우리도 실은 다 사랑이었지.
다 알면서 모른 체했고 모르면서 아는 체했던
우리도 실은 사랑이었지.

홀로 껴안은 마음

어떤 마음은 숨기려 해도 티가 나는 법이야.

아무리 웃어 보려 해도 슬퍼지는 찰나의 표정,

아무리 기운 내 보려 해도 지쳐 버린 눈빛,

숨기려고 애쓰면 애쓸수록 커지는 사랑이라든지

외면하려 시선을 외딴곳으로 돌려도

결국 제자리로 돌아가는 건

그 마음 제발 알아 달라는 신호였을까.

기어이 살아 내는 것들을 기억하며

틈 속에서 피어난 식물을 유난히 아낀다. 가던 걸음을 멈추게 만드는, 예쁜 슬픔. 틈을 비집고 나온 이파리도, 이파리 사이를 통과하는 햇살도. 기어이, 기어이 살아 내는 것들을 아낀다. 위태롭지만 끈질기고 지나치기 쉽지만 한 번 발견하면 내내 바라보게 되는. 그래서 더 소중한 것들. 소중한 사람들. 정이 간다.

"여기 삐져나와 있던 나뭇가지 사라졌다. 그치?"
"맞네. 누가 자른 건가…."

없어진 게, 보이지 않는 게, 그게 뭐라고 결국 다 사라질 것만 같았다.

그래도 너는 기억하는구나. 당연하고 사소하고 소홀해질 수 있는 걸. 사라져도 모를 것들을. 테두리에 걸친 몸짓을, 숨은 문장을, 이면의 슬픔을, 단순으로 덮인 복잡을. 그리고 나만 아는 나를 너도 알 수 있을까. 네가 모른다면 나도 모를래.

"넌 소중한 사람이야. 많이 많이."

"내가 뭐가 소중해. 라면만 먹는 등신인데."

"그래서 소중해. 라면만 먹는 등신이라서."

너만 아는 너는 어떤 위태와 유속을 가졌을까.

내가 또 너 같은 사람을 찾아낼 수 있을까.

걷고 걷고 걷다 보면 어디에선가 나타나겠지.

들풀처럼 들꽃처럼 잊을 만하면 내리는 비처럼.

이미 지워진 기억들처럼.

어제처럼 오늘이 사라져도

너는 나를, 오래도록 기억해 주면 좋겠다고 생각했다.

너랑 있는 게 제일 편해

같이 있는 것만으로도 편안하고 즐겁다는 건 서로가 가진 이해의 영역이 들어맞는다는 거겠다. 배려와 슬픔의 방향이 비슷한 사람. 서로의 기쁨과 웃음이 부딪혔을 때 더 기뻐질 수 있는 사이. 다 알진 못하더라도 알 것만 같은 사람. 실로 타인을 완전히 이해할 수는 없다고 했다. 그러나 그는 나를 이해하고 나는 그를 이해한다는 느낌을 받을 때, 나를 알아 달라고 몸부림치지 않아도 내 마음을 철석같이 알아줄 때, 누구도 이해할 수 없는 그의 엉뚱함이 내겐 마냥 즐거울 때. 마치 내게 쌓인 날들을 그도 지나온 것처럼 나만큼 나를 더 잘 알아 내는 사람이라고 여겨질 때. 나도 그만큼 당신을 자주 알아주고 싶다. 아무리 이상한 소리를 해도 깔깔 웃으며 넘어갈 수 있게. 누구에게도 털어놓지 못한 슬픔을 나눌 수 있게. 그렇게 우리만의 대화를 더 자주 남기고 싶다. 자주 함께하고 싶다.

사람은 결국

어떤 미래를 그리고 있나요

나이가 들수록 사람 보는 눈이 까다로워진다. 갈 사람은 이미 여럿 갔고 곁에 남은 사람들은 웬만해선 죽이 척척 잘 맞는다. 그러나 낯선 사람들에겐 예전과 다르게 더 신중해진다. 자신만의 기준이 생긴 것이다. 그리고 굳어진 기준엔 어떠한 편견이 따라붙는다. 저 사람은 저래서 나와 안 맞을 거야, 이 사람은 왠지 잘 맞을 것 같아. 속단하게 된다. 굳이 소모하지 않아도 될 감정을 쓰며 관계를 지탱하지 않으려는 마음. 연애도 마찬가지다. 나와 안 맞을 것 같은 상대와는 일말의 여지도 남기지 않는 버릇이 생겼다. 그러니 어디서 누구를 만나 사랑해야 할지 곤혹스럽다. 이 마당에 누군가 결혼에 대한 로망이 있냐고 묻는다면, 단연 같이 있을 때 불편하지 않고 자주 웃을 수 있는 사람이라고 말하겠다. 여느 상상 속 부부처럼 한 식탁에 앉아 밥 같이 먹고 누가 뭐라고 하든 내 편 네 편이 되어 주며 서로의 행복을 위해 힘쓰는 사이.

내가 못하면 네가 알려 주고 네가 못하면 내가 알려 주며, 각자 맡은 바 책임을 다하다가 때때로 먼 곳으로 함께 떠날 수 있는 사랑을 하고 싶다고. 웃고 울고 싸우다 화해하고 미워지다가도 오늘 저녁 뭐 먹을지 함께 고민하는, 늙어서까지 서로를 귀여워하며 부둥켜 살아 내는 고착된 사랑을 하고 싶다고 말이다.

사람은 결국

아프지 말고 행복만 하기를

나 아픈 것보다 내가 사랑하는 사람 아픈 게 더 서럽다. 내가 상처받는 것보다 당신 상처 주는 게 더 아프고, 나 웃는 것보다 당신 웃는 게 더 기쁘다. 나 아픈 건 내가 치료하면 되는데. 나 슬픈 건 내가 추스르면 되고, 나 불편한 건 내가 고쳐 앉으면 되는데. 내 몸이 아니고 내 마음이 아니라 어찌 할 수 없을 때, 내 능력으로는 힘이 되어 줄 수 없을 때 그게 그렇게 괴롭더라. 내 한 몸 건사하기 힘들어 나 또한 꾹꾹 눌러 담기 바빴으나 번번이 기도한다. 닿을지 모를 마음이라도. 매번 괜찮다는 말로 덮어 두는 당신에게 아픈 일 생기지 않았으면 좋겠다고. 나보다 강한 사람이라서, 나보다 꿋꿋한 사람이라서, 쉽게 내색하지도 않는 사람이라서 틈으로 비치는 설움이 이리도 크게 느껴지는 건지. 내 마음처럼 모두가 당신 편이었으면 좋겠다. 불행할 일 없이 살아갔으면 좋겠다. 당신의 모든 버팀이 마침내 커다란 기쁨으로 펼쳐지면 좋겠다. 오늘도, 내일도, 당신이 행복만 했으면 좋겠다.

사람은 결국

나는 널 안심시킬 거야.

품이 필요하면 안아 줄 거야.

침묵을 원하면 가만히 빗소리에 잠기고

같은 노래를 나눠 들으며

무엇도 우릴 방해하지 않도록.

나는 네 곁에서 널 행복하게 만들어 줄 거야.

그 사람 앞에선 유독 약해졌다. 한 번 열어 낸 마음은 도통 닫히질 않아서, 잡히지 않는 사람 어떻게든 잡아 보겠다고 힘을 잔뜩 주었다. 들어갈 곳 없는 마음에 어떻게든 들어가 보겠다고 나를 구겨 넣었다. 나를 잃는 줄 알면서도 아프길 자처했다. 손에 꼭 쥔 게 가시 돋친 장미인 줄 알면서, 세상은 넓고 인생은 길며 이미 어긋난 인연인 걸 알면서도 불씨를 꺼트리지 못했다. 안심과 불안, 설렘과 무력이 수없이 교차하던 하루. 울고 흔들리고 망가졌다가도 그의 한마디면 순식간에 살아나던 마음. 온 신경이 한 사람에게 향하던 시절.

그로부터 시간이 흘렀다. 당시의 거센 감정은 기억에만 존재한다. 그날의 미움은 더 이상 미움이 아니게 되었고, 그때의 설렘 또한 지금은 그를 똑같이 가져다 놓아도 절대 못 느낄 감정이 되었다. 시절이다. 그럴 수 있었던 시절. 아파도 기꺼이 사랑할 수 있었고, 나를 잃어 가면서까지 채우고 싶은 사람이 있던 시절.

그렇게 사랑이 몰아치고 난 자리를 보며 느낀다. 나 그때 충분히 사랑하길 잘했구나.

이게 사랑이라 좋았다

사랑이 느껴져서 좋았다. 그 사랑이 안락해서 좋았다. 나를 아껴 주는 눈빛이 좋았고, 내가 넘어지면 그걸로 온종일 놀리는 게 귀여웠다. 나를 보면 떠오르는 것들이 늘어간다는 게 설렜고, 그게 색깔이고 습관이고 나도 모르던 것들이라 특별했다. 나는 너를 채워 주고 싶은데 너는 나를 채워 주려는 게 든든했다. 억척스러운 삶이 우리를 연결시키는 게 애틋했고, 우리는 서로에게서 도망치지 않아도 돼서 안심했다. 누구도 이해할 수 없는 내 얇은 마음을 너라면 알 수밖에 없는 게, 울다 파묻혀도 부끄럽지 않은 게 슬펐다. 따뜻한 욕조에 시린 몸 담그듯 나를 보호해 줘서, 무해하고 무사한 시간으로 나를 데려가 줘서 고마웠다. 나를 궁금해하는 표정이 웃겼고 신나서 떠드는 입이 다행스러웠다. 내 이해를 네가 헤아리고 있는 게 기뻤고, 우리 사랑할까, 내밀던 문장이 행복

사람은 결국

했다. 우리가 가진 혼란이 잠재워지길 기다리는 시간이 좋았고, 사랑하길 다행인 사람이라 좋았고, 사랑하게 해 줘서 좋았고, 사랑하는 사람이 너라서 좋았다.

03.

함께했던 날들에

우리는 없지만

안전한 사랑으로 가는 길

누굴 어떻게 만났느냐에 따라 이상형은 바뀐다. 가치관도 변한다. 말과 행동 모두 투명하고 다정한 사람을 좋아했다가도 일관성이라곤 없는 사람에게 끌리는가 하면 지나간 사람에 의해 중요하지 않던 점이 중요해지기도 했다. 내가 가장 기피하던 모습을 가졌는데도 이 사람이라서 이런 것들까지 수용하게 되는 그런 사람을 사랑하기도 하고, 몰랐던 내 모습을 발견하기도 한다. 하필이면 이 사람을 사랑해서 못난 사람이 되기도 했고, 당신이 하필 이런 나를 사랑해서 못된 사람을 자처하기도 했다. 어떤 사랑은 너무 커서 받아 내지 못했고, 어떤 사랑은 너무 희박해서 불안했다. 언제든 그 자리에서 나를 사랑해 주던 사람에게 느낀 안정감과 불쑥 사라지고 말던 사람이 주던 초조함, 상대를 위해 다 해 주고 싶던 마음과 떠날까 두려워서 아끼게 되었던 마음. 모두 사랑이라면 사랑이었다. 나의 마음이 나에게 향하는 만큼 밖으로 향한다면 그것이 사랑이라고.

내가 네모의 마음을 가졌다면 내 사랑은 네모로 시작되겠지. 네가 세모의 마음을 가졌다면 네 사랑은 세모로 시작되겠고. 각자의 모양으로 시작된 사랑이 맞닿아 점점 하나를 이루는 게 사랑을 주고받는 일이겠거니. 무릇 사랑에 빠지는 일은 쉽다. 좋아할 만한 것을 더 좋아하면 된다. 혼자여도 가능한 일이며 사랑을 내어 주는 일 또한 마찬가지다. 그러나 사랑을 주고받는 일이란 얼마나 숭고한가. 열 길 물속은 알아도 한 길 사람 속은 모른다는데. 그런 타인과 보이지도 않는 것을 주고받는 일. 이게 사랑인지 정인지 외로움인지 연민인지 미련인지 후회인지 욕심인지 아니면 이게 모두 사랑인 건지 모를 우리의 마음을, 언제 시작된 지 모를 감정을 언제 끝날지도 모르게 이어 가는 게 사랑이니 말이다.

언제 남이 될지도 모를 타인과 영원을 바라는 것. 사람 하나 덕분에 빈 곳이 채워지고, 사람 하나 때문에 몽땅 비어 버리는 일. 모르는 것들을 알게 되고, 알던 것들을 모르게 두며, 우리의 사랑에만 집중하는 의리. 지켜 온 틀을 깨부수는 사랑, 애착하고 밀어내고 의심하고 신뢰하며, 무던과 예민, 안심과 불안을 뒤로하고 한 사람과 손을 잡는 약속. 세상 그 무엇보다 용감하고 귀중한 일이다. 그러니 아쉽게 스쳐간 사람, 지금 나를 아프게 만드는 사람, 나와 사랑을 나누고 있는 사람. 누구 할 것 없이 내 삶에 있었고 지금도 있는 그런 사람들. 내가 어떤 사랑을 지녔는지 알게 만드는 사람들. 기필코 더 성숙한 사랑을 위해 존재했고 존재하는 것이라고. 사람 오고 가는 일이 매번 허탈하지만, 그것마저 당신을 안전한 사랑으로 견인하는 일이라고.

함께했던 날들에

사랑에 아파하는 당신에게

1. 사랑에 목매달고 있을 땐, 이 사람만 가지면 내 인생에 아무 슬픔도 없을 거라는 허상에 빠지기 쉽다. 내 마음이 그에게 닿을 수만 있다면, 그가 내 마음처럼 나를 애타게 사랑해 준다면, 앞으로 십 년이고 이십 년이고 더 바랄 것 없이 살아갈 수 있을 것 같다는 크나큰 착각. 그의 한마디에 버티고 그의 한마디에 무너져 내린다. 어떤 사랑이라도 최선을 다했으면 했다. 그래도 잊지 말아야 할 건 이때까지 살아온 모든 시간, 그거 다 당신 힘으로 걸어온 것이라는 사실. 사람 하나 없어도 잘 살아가는 게 사람이고, 만약 그 사람 없어진대도 당신은 누구보다 잘 살아갈 사람이다. 지금 잠시 아플 뿐이라는 것.

2. 누군가를 사랑해서 그 마음에 걸려 휘청이더라도 그 사랑 딛고 더 올라설 수 있는 사람이 되길 바란다. 귀한 감정이

니만큼 당신을 무너뜨리는 것보다 당신을 행복하게 해 줄 용도로 쓰이길 바란다. 추락하지 않길 바란다. 행운 같은 사랑을 기회로 삼아 발전하는 사람이 되길 응원한다. 아픈 기억으로만 남길 수는 없으니까.

3. 좋아하는 마음만으로는 상대의 사랑을 얻을 수 없다. 누가 당신을 좋아해서 잘해 준다고 해도 그 사람을 사랑할 수 없듯이. 포기해야만 하는 사랑도 존재한다. 어떤 사랑도 동등할 수 없고 누구도 내 마음과 같지 않다. 이루어질 연이라면 당신도 이미 알고 있었을 것이다.

4. 어떤 미련과 후회가 남았든지 간에, 다시 돌아간대도 같은 선택을 했을 것이다.

5. 상처를 주고받는 사이는 일찌감치 멀리하라고들 하지만 서운하다는 건 그만큼 서로 애정하고 애착한다는 뜻이기도 했다. 애정은 바라는 마음이 되고 바라는 마음은 실망이 된다. 서로에게 없는 걸 바라기보다 있는 걸 나누며 사랑하자. 아무리 사랑하는 사이여도 나와 다른 사람이라는 점을 잊지 말자. 아무리 나를 사랑해도 그는 나를 위해 태어난 사람이 아니다.

함께했던 날들에

6. 마음이 있으면 돈과 시간, 정성을 쏟을 수밖에 없다고 했다만, 사랑해도 그럴 수 없는 상황이 존재하고 그럴 수 없는 사람이 존재한다. 부모와 멀찍이 떨어져 살아가는 자식처럼, 내 몸 지쳐도 일어나야만 하는 아침처럼, 넘치도록 사랑을 건네고 싶음에도 그럴 여력이 없을 때가 생긴다. 누구나 마음처럼 안 풀리는 시기가 있다. 이해해 줄 사람은 어련히 이해해 주고 기다려 줄 사람은 언제까지나 기다려 준다. 그러니 상황 탓하며 먼저 포기 말기를. 그렇다고 너무 소홀하지도 말기를. 처음의 약속처럼 책임을 다하기를. 어긋나더라도 후회 말기를.

7. 사랑하는 과정이 있었던 만큼 이별하는 과정도 있는 법이다. 많이 아픈 만큼 잘 사랑했던 거다. 오래 그리운 만큼 깊게 사랑했던 거다.

8. 더 좋은 사람 만날 수 있을까 걱정되겠지만, 분명 더 좋은 사람 만나게 될 것이다. 그땐 당신이 지금보다 더 좋은 사람이 되어 있을 테니까.

9. 사랑에 빠진 당신이 가장 예쁘다.

모든 이별엔 그만한 배움이 있다

같은 일이 여러 번 반복되면 자신을 돌아봐야 한다. 거짓말을 일삼는 이성과 연달아 교제했거나, 친구에게 여러 차례 배신을 당했다거나, 집착과 구속이 심한 상대만 만났다거나 하는 불미스러운 만남이 비슷하게 반복된다면 그들을 탓하기 전에 본인에겐 어떤 책임이 있었는지 낱낱이 물어야 한다. 끝난 관계에는 그만한 시작이 있었고, 모든 시작엔 그만한 끌림이 있었기 때문이다. 왜 그 사람에게 끌려야만 했는지, 내가 가진 감정적 결핍을 찾아내고 치유하는 것이 이별이 주는 과제다. 처음엔 몰랐겠지. 상처 주지 않을 사람이라고 믿고 싶었으니 그렇게 변할 거라 상상도 못 했겠지. 그러나 기껏 열어 낸 마음을 또 헤집고 간 사람도 당신도 이젠 아무런 잘못이 없다. 자신이 가진 기억과 마주하고 깨달을 의무만 있을 뿐이다. 모든 만남과 헤어짐엔 그만한 상처가 남는다. 상처를

함께했던 날들에

스스로 이해하고 치유함으로써 어디에서도 얻지 못할 교훈을 얻는 것이고, 덮어 두고 지나가는 사람에겐 비슷한 만남이 똑같이 되풀이될 뿐이다.

똑같은 아픔에서 벗어나기로

한번 식어 버린 마음은 예전처럼 타오르지 않는다. 떠날 줄도 모르고 소원했던 사람과 지금 어디쯤 갔는지 알 수도 없어서 암만 찾으려 해도 찾아지지 않는 시절로부터 온도를 상실한 마음. 그러게 있을 때 잘하지 혹은 있을 때 잘할걸. 그런 아쉬움만 반복되는 사랑이 어디에나 있다.

지난 사랑이고 지난 시절이기에, 그때 너와 내가 그 시간에 있었기에 가능했고 그때의 우리였기에 쏟을 수 있었던 감정은 시간이 지나면 달아나고 없다. 혹여나 뒤늦게 그의 소중함을 알아챘다면, 혹은 그땐 내 마음 몰라주던 사람이 이제야 소중한 줄 알고 뛰어온다면, 분명 이 상황 되풀이될 것이고 또다시 익숙함에 속을 것임을 기억할 것.

응당 곁을 떠나야만 빈자리의 바닥이 보이고, 품에서 빠져나가야만 허공의 부피를 가늠할 수 있다. 후회와 아쉬움은

함께했던 날들에

관계를 돌이킬 수 없기에 찾아오는 법이고, 미련으로 복구된 사랑은 다시 기회가 주어진대도 반복될 게 뻔하다. 이미 지나가 버린 사람은 지나가게 두고, 뒤늦게 되돌아온 사람에게 아문 자리 내어 주지 말 것. 서로가 서로에게 지금이어서 가능한 사랑을 할 것. 그러나 되돌리고 싶다는 건 이제라도 그 소중함을 알았다는 뜻이고, 우리 서로에게 한 번쯤은 소중한 사람일 수 있었다는 뜻이니. 지금 그 마음 그대로 잘 보존하며 살아갈 것. 다신 똑같이 아프지 말 것.

내 이름을 좋아하던 사람

변함없이 내 편이던 사람이 있다. 내가 나를 믿지 못하고 휘청일 때도 언제나 내 곁에서 나를 지지하고 응원하던 사람. 들키고 싶지 않은 나의 초라한 모습을 금방이고 알아채던 사람. 내 슬픔이 깊어지지 않도록 웃긴 사진 툭 보내며 나를 달래던 사람. 울상인 나를 불과 몇 초 만에 큭큭 웃게 만들던 사람. 애정 담긴 잔소리를 귓등으로도 듣지 않는 나를 포기하지 않던 사람. 나 혼자선 이대로 무너지지 않을까 몰래 염려하던 사람. 한 번 더 뒤돌아 내가 걷는 길을 지켜보던 사람. 다정한 표현은 서툴러도 늘 나를 챙기던 사람. 어떠한 생색도 없이 나의 행복을 돕던 사람. 무슨 일이 생겨도 나한테서 등 돌리는 날은 절대 없을 거라고 신신당부하던 사람. 그 사람과는 오랜 시간을 함께해도 시간이 아깝지 않았다. 서로를 향해 단단히 밀집된 신뢰, 주제가 획획 바뀌어도 당황

함께했던 날들에

할 것 없이 흘러가던 대화. 웃음과 울음, 부끄러움과 혼란을
가장 많이 공유하던 사이, 그런 사람이 있었다.

내가 그만큼 좋아할 수 있었던 사람이

존재했다는 게 얼마나 행운인지.

우린 오래 보자고 했었지

돌아갈 수 없는 시절의 애틋함이 차오르는 날, 반나절은 멍한 사람이 된다. 단물 빠진 껌 뱉지도 못하고 입 안에 머금는다. 그 시절 우리는 깍지 손을 끼고 등을 돌린 채 덜 마른 사랑을 얼마나 질겅였나. 사랑이었으나 사랑은 아니었고 우정이었으나 우정은 아니었던, 그러나 사랑보다 사랑이고 우정보다 우정이었던 미성숙한 애증이랄 것들. 서로의 자랑이자 연민이었고, 서툰 외로움과 상처였던 우리가 둘만의 의리와 책임으로 끈질기게 지탱하던 시절. 밀어내지도 끌어안지도 못하고 그러나 잔뜩 밀어내고 끌어안으며 서로를 달래던 날들. 삶의 뒤편에서 나른히 주고받던 우울과 추락 같은 것들을 기억한다. 설명하려야 설명할 수 없고 대체하려야 대체할 수 없는 마음이랄 게 어지러이 남아 있다. 흔적보단 자국 같은, 얼마든지 지울 수 있지만 선뜻 지우지 못하는 시절 같은 게 가장 사랑했던 기억으로 남아 있다.

슬픈 사람을 너무 오래 보고 있으면

이게 누구의 슬픔인지 모르겠어.

무채색 옷을 입고

우리는 검은 니트를 입고 어느 옷 집에서 이 옷 저 옷 들춰 보고 있었다. 내가 생각해 봤는데 나는 어둡고 칙칙한 게 어울리는 사람인 거 같아. 그의 말을 듣곤 내도록 떠나가질 않았다. 아무리 우울해져도 밝게 살아야 해. 너한텐 그게 어울려. 그런 말을 건네던 사람이 떠올랐다.

보고 싶어도 볼 수 없지만

사람은 사람으로 잊힌다지만
시절의 기억은 변하지 않으므로.

잘 지내다가도 문득 그 시절 떠올리면
거기에 자꾸 네가 있어서
그때 그 모습 그대로인 우리가 있어서
지금이라도 이름 부르면 웃으며 안아 줄 것 같았다.

함께했던 날들에

너는 내가 어깨를 펴고 살아가길 원했다.

기죽지 말고, 움츠러들지 말고.

나는 네가 영원히 나를 그렇게 응원해 주길 바랐다.

내가 기죽지 않게, 움츠러들지 않게.

사라지고 싶지 않게.

덜 익은 마음으로 받았던 사랑

다신 못 만날 것 같은 사람 한 명쯤 있다. 그렇게까지 날 사랑해 줬던 사람, 해가 지날수록 존경하게 되는 사람. 불안정하고 위태로운 내가 그 사람 덕분에 잠시나마 건강한 사람이 될 수 있었다. 신경 쓰지 않아도 될 곳에 신경 쓰지 않는 법을 알려 주고 주고받는 사랑에 대해 알려 주고 이해하지 않아도 될 것에 마음을 낭비하지 않는 법을 알려 준 사람.

알려 준 적 없지만 배우게 만드는 사람이었다. 마음 놓고 사랑할 수 있도록, 확신을 가지고 살아 낼 수 있도록 그의 강한 중심이 점점 내게도 옮아 왔다. 감정에 휩쓸리지 않는 태도. 그러나 뛰어난 공감 능력. 이해와 관용. 자기 통제력과 자기 확신. 배려와 투명. 그 속에서도 삶을 자유롭게 살아가는 모습. 보통 하나가 뛰어나면 하나가 부족하던데. 건강한 사람이란 건 이런 거구나. 건강한 사람은 사랑도 건강하게 해내는구나. 끝까지 현명했구나, 느껴지게 하던 사람.

함께했던 날들에

도망치기 쉬울 만큼만

서로를 존중하는 단단한 사랑이라고 착각했다. 각자의 공간, 각자의 시간, 너는 네모, 나는 세모, 서로를 바꾸려 들지 않고 각자의 모서리를 이해하며 함께 공존하는 것. 구속하지 않는 사이, 침해받기 싫은 마음, 집착하지 않는 관계. "네가 뭘 하든 좋아." "하고 싶은 건 다 해." "누굴 만나서 뭘 하든 말만 해 줘." "건강하게만 생활해 줘." "서로의 자유를 존중하자." "그래도 지킬 건 지키면서 양심껏 하자." 그런 마음으로. 은근한 거리감이 좋았다. 적당한 속도. 부담스럽지 않은 만큼의 밀착. 사랑한다고 말하면 사랑한다고 대답하고. 보고 싶은 마음이 들면 보고 싶다고 말하는 일. "너는 말만 보고 싶다고 하는 거 같아." "힘들면 같이 이겨 내야지. 넌 왜 자꾸 말도 안 하고 혼자 버티고 있어." "어차피 내 일이잖아." "사랑하는 사이면 같이 이겨 내야 하는 거 아니야?" "사랑하는 사람이 나 때문에 애쓰는 게 싫어. 이해하려고 애쓰는 것도 싫고. 나 때문에 너도 힘들어지고 우리가 더 힘들어지면 어떡해." "그냥 나 알아서 할게." 넌 절대 모르게 혼자 힘들어 할게. 넌 존재만으로도 힘이니까 자꾸 애쓰지마. 하던 대로만해. 충분해. 네가 나 때문에 힘들면 내가 더 힘들어. 너랑은 상관없는 힘듦이야. 나 알아서 할게. 그런 마음으로.

지나고 보니 그랬다. 사랑하는 사람에 대한 존중과 배려라는 생각으로 방임하던 태도는 언젠가 깨질 결속이 두려워 미리 도망치던 것이었고, 한 발 떨어진 거리에서 나누는 마음은 꽤 안전했다. 잃어도 아플 일 없었다. 가까운 마음은 멀리 두고 먼 곳의 마음은 되도록 가까이에 두며 지냈다.

"너넬 보면 신뢰로 가득한 관계 같아. 되게 끈끈해 보여."
"서로를 완전히 믿는 것 같아."
"난 자꾸 구속하고 집착하게 돼. 싸우게 돼."
"안정된 사랑 같이 느껴져. 부러워."

아니었다. 난 언제든 잃어도 괜찮을 정도로만 관계하려 했다. 다 거기서 거기니까. 어차피 나중에 어떻게 될지 모르니까. 그만큼만 기대하고 그만큼만 실망하면 아무렇지 않았다. 흔들릴 일 없었다. 나를 둘러싼 모든 관계의 거리와 속도에 경계심을 느끼고 상대의 급한 마음에 거부감을 느끼던 건, 단지 내가 마음 편히 도망칠 수 없었기 때문이다. 그리고 이 모든 건 끝까지 도망쳐 온 후에야 알게 된다. 지레 겁먹고 최선을 다하지 못한 사랑을, 서툰 세월을 잔뜩 보내고 나서야 알게 된다.

오늘은 또 어떤 그리움이 될지

아마 그리운 날이 많을 겁니다. 오늘따라 붙잡아 두고 싶은 사람들은 이미 떠나 버렸을 테죠. 함께 보낸 계절을 혼자 견뎌야 하는 건 어두운 방에서 홀로 보내는 생일만큼이나 쓸쓸한 일이었어요. 우린 멍들지도 모른 채 같은 표정을 지었고, 모르게 될지도 모른 채 서로를 알아채곤 했습니다. 따뜻한 기억일수록 나를 아프게 만드는 법입니다. 우리는 또 누구와 그때만큼 사랑할 수 있을까요. 사랑받고 싶은 사람에게 사랑받을 수 있을까요. 사랑 주고 싶은 사람에게 그만한 사랑을 줄 수 있을까요. 앞서가지 않고 뒷걸음치지 않고 나란한 사랑을 주고받을 수 있을까요. 그리워질 기억을 앞당겨 살아낼 수 있을까요. 바람 한 점 없는 날에도 가느다란 마음을 옷처럼 여미고 다닙니다. 행복했던 날들이 모두 어젯밤 같습니다. 오늘의 나는 또 어떤 그리움이 되어 어떤 계절을 아프게 할까요.

함께했던 날들에

점점 네가 했던 말이 기억나지 않을 때

이제 내 사랑도 끝이 났구나 깨달았다.

놓쳐 버린 마음

좋아할수록 소중할수록
더 가까이 두지 못하고
그렇다고 멀어지지도 못했다.

맛있는 반찬 마지막까지 남겨 두고
관계가 부서지는 것에 겁내고
사랑한다는 말 제때 하지 못했던 시절.

사랑을 주저하다가
한순간 놓쳐 버린 사람 덕분에
더는 사랑이 두렵지 않다.

아끼다가 똥 된다는 걸
그때 알았다.

사람이 너무 힘들면
사랑했던 기억으로 돌아간대.

아껴 둔 사랑 다시 꺼내고
남은 사랑 다시 받으면서
오염된 기억을 미화한대.

우리도 꼭 사랑하자던 말

네가 그랬잖아. 사람을 사랑하는 게 내가 유일하게 못하는 거라고. 너는 네 감정도 제대로 모르는 사람 아니냐고. 그건 내가 널 보며 매일 생각했던 건데. 너는 줄곧 나한테서 네 그림자를 찾기 바빴지. 여름에 태어난 내가 여름을 싫어했던 것처럼. 밤바다, 파도, 초록, 비 냄새, 여름이 품고 있는 건 다 좋아하면서 여름이 싫다던 나처럼. 그런 네가 날 좋아할 수 있을 것 같다고 했을 때 나 진짜 기뻤는데.

함께했던 날들에

사라지지 않는 염증처럼

석 달째 다래끼가 사라지지 않는다. 주사를 맞고 약을 먹고 수차례 쨌는데도 아물 쯤이면 또다시 부어오른다. 내 맘 같지 않다. 병원에선 화면을 그만 보고 잠을 충분히 자야 한다고 말한다. 그러나 잠을 충분히 잘수록 해내지 못한 일들이 쌓인다. 몸이 먼저냐 일이 먼저냐 하면 당연히 몸이 먼저지만, 무엇보다 건강이 가장 우선이라는 걸 누구나 알지만, 눈앞에 닥친 일부터 처리해야 한다며 외면하곤 했다. 벌여 놓은 일은 많고 그것은 모두 내 선택이며 의지였어서. 그래도 니는 더 버틸 수 있고 해낼 수 있는데 이놈의 다래끼가 날 가로막는 것처럼 느껴졌다. 억지로라도 잠을 자야 한다니, 잠을 줄여도 모자랄 판국에. 제발 내가 해치울 수 있도록 무엇도 방해하지 않았으면 좋겠다고 기도했다. 양쪽 눈꺼풀 위로 콩알만 한 다래끼를 올려놓고 걸어 다녔다. 점심때가 되면 밥을 먹고 약을 털어 넣고 거울을 들여다봤다. 껌뻑껌뻑 눈을 깜빡였다. 시뻘겋게 부어오르는 염증에 대고 중얼댔다. "다래끼 이건 꼭 사랑 같아. 아물려고 하면 또 부어올라. 여기를 째면 또 다른 곳에 생겨. 절대 안 없어지겠다는 듯이." 내 사랑이 그렇다. 이리 눈을 돌리고 저리 마음을 돌려도 발생한 곳으로부터 부어오른다. 여기가 아물면 저기가 부푼다. 아프냐고 하면 아프진 않고, 괜찮냐고 물으면 괜찮지도 않다. 무뎌진 마음 위로 보기 흉할 뿐이다. 눈을 뜨기가 조금 불편할 뿐이다. 마주하는 게 미안할 뿐이다. 사라지지 않을 뿐이다.

함께했던 날들에

엄마

엄마가 몸이 많이 아파. 며칠 전에 엄마가 그랬다. 엄마는 나 어릴 때부터 여기저기 자주 아팠다. 엄마 근처에 가면 항상 앓는 소리가 났지만, 독한 사람이었다. 아픈 몸 이끌어 쉼 없이 일했고 집은 언제나 청소되어 있었다. 난 그런 엄마를 바라보기만 했다. 엄마가 다리에 깁스를 했대도 허리 디스크가 왔대도 손목이 아파서 못 쓴다고 한대도, 엄마는 독하니까. 그렇다고 내가 멀리서 해 줄 수 있는 건 없으니까. 관리 잘 하라는 말만 건넨 채 묵묵히 내 인생을 살았다. 내가 잘되어야지. 내가 빨리 성공해야지. 내가 더 빨리. 난 어깨가 조금만 결려도 며칠은 불편해서 못 살겠던데. 자라면 자랄수록, 다치면 다칠수록 그간 외면했던 엄마의 통증을 고스란히 경험한다. 그녀는 아직도 몸 곳곳을 찌르는 묵직한 통증을 견디고 참는다. 항상 그랬다. 병원을 밥 먹듯 오가면서 항

상 참고 견디다가 기어이 출근했다. 그런 엄마가 언젠가 이겨
내지 못하는 날이 올까 봐. 참아지지 않을까 봐. 그렇게 되면
내가 후회하게 될까 봐. 후회되는 마음을 억누르려 이제 와
서 어쩔 수 없지 뭐 하면서 날들을 지나 보낼까 봐. 그렇게
돼도 내가 해 줄 수 있는 게 없을까 봐. 나도 훗날 엄마처럼
외롭게 아파질까 봐. 그러다 엄마가 남긴 흔적 하나라도 내
눈에 발견될까 봐. 그게 무서웠다. 있을 때 잘하라는 말에 대
해 수없이 깨달은 내가 아직도 없어져 봐야 안다. 사라지고
난 후에야 그때 이거라도 해 줄걸, 하고 되뇐다.

그 사람 떠나간 자리

나를 가득 차지하고 있던 사람이 떠나간 자리엔 커다란 구멍이 생긴다. 누구도 대신 채울 수 없는 구멍이. 실은 애초에 구멍 난 사람을 바람 새어 들어올 일 없도록 당신이 막아 주고 있던 걸지도 모르겠다.

누구보다 나를 많이 이해해 줬던 사람은
오래도록 나를 아프게 한다.
나조차 나를 이해할 수 없을 때
나보다 나를 믿어 준 사람이라서.

내 삶에 다녀가 줘서 고마워

그는 내게 무엇도 아끼지 않았다. 나에게뿐만은 아니었다. 노래, 음식, 애니메이션…. 뭐 하나를 진득하게 좋아해서 질릴 때까지 달고 살았다. 자연히 떠오르는 게 많은 사람이다. 네가 좋아하던 거 나도 좋아하고, 내가 좋아하던 거 너도 좋아하면서 같은 걸 좋아하던 시간의 우리를 떠올린다. 서로에게 어떤 모습이든 아무럼 괜찮았다. 내가 살이 찌고 부어도 귀여워해 줘서 좋았다. 내가 흔들릴 때마다 덤덤히 잡아 주던 그는 언제나 꼿꼿했는데, 아플 땐 어디서 몰래 아파했을지 나는 아직도 모른다. 괜찮다던 말은 진짜 괜찮아서였는지 아직도 궁금하다. 너의 그 진실함, 현명함 더 알려 달라던 말에 이미 많이 알려 줬다던 대답에 아차, 하던 내가 잊히지 않는다. 어떻게 하면 그리 강인할 수 있었는지. 도무지 들춰도 보이지 않던 삐뚠 그림자는 어떤 노력으로 가다듬은 건지 아직도 궁금하다. 반듯했다. 나와 어울리지 않는다고 생각했다.

함께했던 날들에

여태 품고 산다. 당신이 아니었다면 지금의 나는 어떤 모습일까. 많은 걸 배웠고 많은 게 변했다. 사람을 믿게 되었고 사랑을 믿게 되었다. 세월이 흐를수록 그때 당신이 한 말들이 어렴풋이 떠오른다. 최선을 다해 사랑할 거라던 다짐과 즐겁고 소중했다던 작별. 아직도 그는 내가 바닥을 길 때마다 일으켜 준다. 내가 악랄해지고 영악해져서 기저에 깔린 나약함을 마주할 때마다 이러라고 내 삶에 다녀간 게 아닐 텐데, 하고 잡아 준다. 기어이 선하고 겸손하게 열정을 가지고 나아가도록, 너그럽고 단단하게 나를 보살피며 살아가도록 길이 되어 준다.

"이것밖에 못해 줘서 미안해요."

내게 가장 많이 주고 떠난 사람이 그랬다.

내가 사랑한 사람들은 죄다 봄에 태어났어요.

그래서 내가 여름에 태어났다는 걸 종종 잊어요.

네가 우울하다고 말할 때마다

무언가 잔뜩 잡았다가 잃지 않아도 될 것까지 잔뜩 잃어버렸다. 제대로 잡아 본 적도 없으면서 그런다. 그럴 때마다 너는 어디서 나를 보고 있는 듯이 불쑥 살려 달라고 말했고, 그럼 나까지 사는 기분이었다. 왜 그러냐고 묻던 나의 물음은 살려 줘서 고맙다는 대답이었는데 너는 알았으려나. 괜찮아도 될 게 괜찮지 않아서. 믿을 구석이 없어서. 이건 내가 영영 해치워야 할 것들이라 홀로 끌어안고 잠길 때마다 불쑥 나타나서 살게 만드는 게 하필 떠내려가는 마음이었다.

어떤 사람 하나로 인해

내가 나아가고 버텨 낸다는 생각은

그 사람 없으면 버틸 게 없어진다는 거다.

그리워하거나 사랑하거나

한번 헤어지면 영영 남이 되어 버리는 사람이 있고, 안부 정도는 주고받으려는 사람이 있다. 정이 들었다는 이유로 어긋난 관계를 쉽사리 끊어 내지 못하는 사람이 있고, 단칼에 끊어 내는 사람이 있다. 나를 더는 사랑하지 않는 이에게 기대를 멈추지 못하는 사람이 있고, 다른 사랑을 찾아 과감히 떠나는 사람이 있다. 이별을 매듭짓는 방식은 저마다 다르다. 깊이 사랑한 사람을 누가 쉽게 지워 낼 수 있을까. 누군가는 애써 기억하지 않으려 하고 누군가는 내내 그리워하길 택한다. 자신을 지키는 각자의 방법이겠지. 사랑의 끝은 슬픈 거니까. 슬퍼야만 사랑이었다는 거니까. 사랑 앞에선 누구나 약해지니까. 그리워지니까. 진정한 사랑은 지난 이별을 매듭지어야만 시작되곤 했다. 그러나 그리움마저 이별의 과정이라면 숱한 이별은 새로운 사랑이 시작되어야 끝이 나더

라. 그게 미약한 온도로 남은 그리움일지언정. 어쩌면 우리는 누군갈 그리워하거나 사랑하거나, 그렇게 살아가는 거겠다. 새로움과 외로움 그 사이에서.

마음의 변두리에서

조금만 기다려 주면 나 다시 사랑에 몰두할 수 있을 거라고
지금은 내가 너무 힘들어 그렇다고
조금만 이해해 달라고 말하고 싶었는데 눌러 담았다.
이해받길 포기했고 노력하길 주저했다.
이기적인 사람이 되고 싶지 않았다만
누구보다 이기적인 머무름이었다.

암막 커튼과 음악 소리

우린 텅 비어 있었어. 무엇으로도 채워 낼 수 없는 사람들이었지. 너도 알고 나도 아는데, 우리로 우리를 다 채울 수 없다는 걸 알면서 그래도 버텨 보겠다고 서로에게 가득 내어 주고 무너지며 지냈지. 우리 있는 곳은 어두워야 했어. 햇빛한 점 들어오지 않게, 차가운 바람 가득하게. 바깥에 밝은 웃음 버리고, 꿋꿋한 마음 다 갖다 버리고, 들키지 않았던 표정들 다 흘려보내면서. 잠에서 깼을 땐 살려 달라고, 이 공허함을 좀 채워 달라고 서로의 호흡을 뺏으며 지냈지. 그게 사랑이었다면 우린 사랑을 한참 잘못 배웠다고. 밀어도 밀려나지 않을 만큼 당겨도 당겨지지 않을 만큼 서성이는 사랑 하나쯤 몰래 두어야 했던 우리, 왜 그때 그토록 엉망이었나. 왜 내가사랑한 것들은 대부분 미끄럽게 엉켜 있었나. 우리는 왜 그토록.

함께했던 날들에

파랑새를 잃지 말자.

너도 같은 마음이었을까

뭐하냐고 물으려다 참았는데 때마침 네가 뭐하냐고 묻는
다. 보고 싶다고 말하려다 참았는데 네가 어디냐고 물어 온
다. 나 지금 슬프다고 말하려다 참았는데 마침 네가 우울하
다고 말한다. 내 마음을 네가 자꾸 대신 말해 줘서 하고 싶
은 말 간신히 참아 낼 때가 많았다. 내가 참지 않고 말했다면
나도 너에게 위안이 되었을까. 혼자인 마음이 아니었다고 쓸
어내릴 수 있었을까. 모를 수밖에 없는 마음을 알고 싶을 때
가 많았다.

함께했던 날들에

오래 기억되고 싶다

문득 떠오르는 사람이고 싶다.
어떤 노래를 듣다가 문득,
어떤 계절이 되니까 문득 내가 떠오르는.

비가 내릴 때, 매운 떡볶이를 먹을 때,
우리가 자주 먹던 과자, 야식, 분홍빛 노을,
달, 바다, 오르골, 색깔, 새벽과 아침 사이.
그리고 우리 같이 걷던 거리에서
오래 기억되는 사람이고 싶다.

지나갈 슬픔에게

많이 슬플 수밖에 없지.
그 사람 하나 때문에
몇 날 며칠 몇 시간을 쓰고
혼자 참고 울고 억누르고 망가지고
겨우 털어 내도 차오르는 감정을
온종일 견디며 지냈는데.
나한텐 그렇게 어려운 마음이었는데
그 사람한텐 그게 그토록 쉬워 보여서.
난 아무것도 아닌 사람이구나,
느껴질 때의 허탈함이 얼마나 아픈지.
차라리 미안해하지를 말지.

이젠 곁에 없는 사람이지만

정말 좋은 사람이었다고 기억되는 사람이 있어.

정말 나빴던 사람이지만

그렇게까지 누군가를 좋아해 봤단 생각이 들면

어떤 마음도 후회되진 않아.

너무 미워진다면
오히려 사랑하는 걸 수도 있대요

너무 투명해서 보이지 않는 마음이 가늠조차 되지 않는 사람과 한 줌씩 꺼내며 울다 잠드는 것을 좋아합니다. 솔직한 마음 뒤에 숨은 축축한 마음 끌어안을 수 있는 사이를 좋아합니다. 나와 정도가 비슷한 사람만 알아챌 수 있는 내가 있습니다. 나를 자주 알아채던 당신이 그랬습니다. 우리는 서로가 이상했고 엉망이었으며 오해하고 착각하고 서운하고 미워하다가도, 가장 믿을 수밖에 없었고 가장 먼저 찾을 수밖에 없었습니다. 미워 죽겠다가도 찾으면 찾아지는 게 얼마나 슬픈 일인지 그때 알았습니다. 문장 하나에 하루가 살아지는 게 어찌나 나약한 일인지. 내가 이름을 부르면 답하는 게, 무슨 일이 있어도 내 글을 읽어 주는 게, 내 모서리를 찾아 주는 게 어찌나 서글픈 일인지 그때 알았습니다. 평생 나를 찾아 줬으면 좋겠다는 섣부른 바람이 어찌나 비겁한 일인지 그

　　　　　　　　　　　함께했던 날들에

때 알았습니다. 우리가 서로를 그토록 미워하던 마음이 사랑
이었다는 걸 그때 알았습니다.

—

내가 손쉽게 미워하던 사람들은
대개 내가 사랑하던 사람들이었습니다.

사라질 약속만 남은 것처럼

이따금 찾아오는 권태감은 환절기마다 앓는 고질병이다. 아무도 보고 싶지 않고 아무 얘기도 듣고 싶지 않다. 아무도 알고 싶지 않고 무엇도 어떤 마음이 되지 않았으면 한다. 놀고 싶은 건지 쉬고 싶은 건지 아니면 지갑 속 영수증처럼, 영수증의 글씨처럼 조용히 사라지고 싶은 건지. 내가 내게 물어도 대답할 기색이 없다. 하고 싶은 일보다 하기 싫은 일이 늘어 간다. 이런 날, 먹지 않아야 할 음식을 먹고 하지 않아도 될 대답을 하고 소용없는 기억을 꺼낸다. 눅눅하고 건조한 마음에 쌓인 먼지를 자세하게 바라본다. 뒤돌아본들, 결국 떠난 사람과 머무른다 한들 결국 떠날 사람들. 어디에도 부딪히지 않았는데 벌어진 상처처럼 모든 게 그대로인데 무상함을 느낀다. 오지도 않은 미래가 사라지는 꿈을 꾼다. 어제까지의 웃음도 없던 약속이 된다. 혼자 찍은 사진을 둘러

함께했던 날들에

본다. 누구도 내쫓지 않고 누구도 찾아오지 않았던 것처럼.

아무 맛도 나지 않는 밤을 곱씹으며.

다 거짓이었던 것처럼 느껴지는 말들.

쏟아 내고 싶어도 쏟아 낼 곳 없는 마음들.

모두 여기에 흘려보내는 밤이 되기를.

얼른 이 노래 들어 보라던 네가 있었다

마음이 어지러울 때면 꼭 찾아 듣는 아티스트가 있다. 그의 전곡을 재생하여 귀 옆에 둔 채로 눕는다. 낭떠러지까지 추락하다가 살아 오르고, 생의 구석으로 밀려났다가 중심으로 돌아오길 반복한다. 같이 죽고 같이 살아 내는 기분을 느낀다. 그의 노래를 함께 듣던 사람이 있었다.

짙은 파도와 아지랑이

취향이 확고한 사람을 좋아한다. 그들은 자신이 무엇을 좋아하는지, 어떤 게 어울리는지 잘 안다. 그 사람의 플레이 리스트, 고집하는 향수, 자주 입는 옷의 색과 재질, 유난히 좋아하는 음식, 오래도록 애정하는 책의 구절이나 아티스트, 유독 그리워하는 계절 같은 것들. 이걸 보면 당신이 떠오르고 당신을 보면 이게 떠오르는 그런 것들. 남들이 좋다는 것에 흔들리지 않고 자신과 어울리는 색으로 채워 내는 사람들.

그들에게선 색이 떠오른다. 푸르거나 검거나 울창한 초록이거나 하는 색들이. 그리고 시간이 지나 그들이 고집하던 것들을 마주할 때면 여전히 그 사람이 덕지덕지 묻어 있다. 잊혔던 당신의 얼굴이 종일 차오른다. 그가 집착하듯 즐겨 듣던 음악이 어느 카페에서 우연히 들리던 그날처럼. 달을 보면 내가 생각난다던 당신을, 이젠 내가 달을 볼 때마다 외려 떠올리는 것처럼.

하루는 우리가 담긴 그림을 그리고 있었다. "이상하게 우리 그림 그리면 배경을 어둡게 그리게 된다? 어둡고 칙칙하게 그려지는데 마음은 밝아져." 그에게 나는 무슨 색이냐고 물었고 그는 한참 고민하더니 청록이라고 답했다. 나는 왜 청록이 떠올랐는지 궁금했지만 묻지 않았다. "너는 짙은 색, 채도 빠진 색, 검은색. 뭔가 밤바다 파도 같아 사람이. 우울한데 강하고 냉정하지만 따뜻해. 되게 좋은 분위기를 가졌네." 내가 말했고, 그는 "우와 나 엄청 문학적인 사람 같다." 하고 대답했다.

나는 어둑한 밤의 파도를 좋아한다. 물과 물이 마찰하는 파도 소리를 좋아한다. 좋아하는 게 분명한 사람들을 좋아한다. 버릇처럼 밤바다에 가고 싶다고 말하던 내가 그를 보곤 밤바다가 떠오른다고 말했지만, 실은 밤바다의 파도를 유유히 바라보는 사람 같았다. 쓸쓸하고 반짝이는 사람. 바람이 셀수록 커지는 파랑처럼 흔들릴수록 선명한 사람. 크리스마스 무렵만 되면 유독 아이처럼 들뜨던 사람. 아직도 나

는 밤바다를 보면 너를 떠올린다. 부어오르는 마음 알아채

고 달래 주던 네가 그토록 애착하던 음악을 혼자 찾아 듣는

다. 멈추지 않는 파도처럼 마르지 않는 바다처럼 이맘때면

그렇게 된다.

우리 둘 떠나고 없는 그곳에

모든 걸 내어 줄 만큼 사랑했던 사람에게도 등 돌리는 날은 온다. 순간의 일은 아니었다. 이 사람과 이 관계에 우리의 몫을 다했다 여긴 탓이다. 더는 기대하고 바랄 게 없어진 탓이고 우리 앞길에 희망이 가려진 탓이다. 뒤돌아 걸어도 아쉽지 않을 때가 온 것이다. 설령 아쉽더라도 너를 잃어야만 그간 분실했던 나를 찾을 수 있을 거라 느낀 탓이다. 여기서 더 실망하면 좋았던 날들조차 훼손될까 슬퍼진 탓이고, 우리가 서로에게 더 못난 사람으로 남아 버릴까 두려웠던 탓이고, 설령 붙잡고 늘어져도 예전으로 되돌아갈 수 없음을 인정한 탓이다. 다시 소중해질 테고 나중에 그리울 테고 시간 지나 보고 싶을 테지만, 뜨겁던 찻잔 속이 마를 때까지 망설이며 붙들고 있었기에 놓아줄 힘이 생긴 탓이다. 그 탓에 등 돌리고 뒤돌아 걷고 또 걸었는데도, 긴 시간 이만큼이나 멀리 지나왔는데도, 봄 지나 봄 오듯 여태 그 주변을 돌고 있다. 우리 둘 떠나고 없는 자리에 잃지 못한 그리움만 남아 있다. 잡는 것보다 더 큰 힘을 들여 놓아준 것인데 아직도 가득 쥔 손이 무겁다.

함께했던 날들에

아쉬웠던 사람이 이제는 아쉽지 않을 때.

보이지 않던 게 보이기 시작했을 때.

이제는 내 옆에 없어도 될 사람이라고 여겨질 때.

그제야 놓아줄 수 있었다.

양분처럼 품고 사는 기억

다가가면 멀어지고 멀어지면 다가오는 사람이었다. 너도 그랬고 나도 그랬다. 우리는 도망칠 줄만 알아서, 곁을 맴돌 줄만 알아서, 말을 삼키고 사랑을 숨길 줄만 알아서. 종종 꺼내든 용기마저 모른 체하며 흘려 냈다. 엇나가는 마음과 뒤틀린 상황에 익숙해졌다. 잃고 싶지 않았다. 소중할수록 그랬다. 소중할수록 나는 모자란 사람이 되었다.

그는 내게 요즘 연애는 하고 있냐고 물었다.

"아니. 근데 좋아해서 공들이고 있는 사람은 있어. 근데 뭔가 나 같아. 그래서 답답해. 근데 귀여워. 그래도 답답해. 근데 귀여워. 너 이때까지 나 때문에 진짜 빡쳤겠다. 갈수록 널 이해하고 있어."

"내가 백 배는 더 빡쳤을걸."

그는 자신이 내 뮤즈 중 한 명이란 걸 안다. 그가 자신을

써 달라고 하기 전부터 글 속에 심어 왔단 것도, 내가 아직도 그를 모두 털어 내지 못한 채 살아간다는 것도 분명 알 거다. 늘 나보다 나를 더 알고 있었으니까. 나보다 더 생각 많고 나보다 더 앞서는 애였으니까. 그리고 내가 숱한 마음을 분리하며 살아가는 사람인 것도 잘 알 테다. 나는 계속 털어 내는 중이다. 축적된 세월 속에 비밀처럼 섞여 있던 사랑과 상처를 말이다. 그러나 묽은 기억들은 되려 선명해진다. 뒤늦게서야 또 알게 만든다. 같은 감정을 겪고 지난 사랑을 이해하고 늦은 이해에 슬퍼하고.

"너는 왜 나 만날 때만 이렇게 늦는 거지. 주인공병이라도 걸렸나?"

난 자주 늦는 사람이었다.
어디든 늦고 뭐든 쉽게 버리지 못하는 사람이었다.

추억이 분실되는 건 내게 진하게 각인된 그의 사랑을 완전히 지워 내는 것과 같다. 아직은 그렇다. 내가 존재하는 이상 그도 이곳에 존재한다. 그와의 추억과 그와 나눈 짙은 취향과 오래도록 나를 구조하던 손길의 사랑을. 그러나 나는 이제 내 곁을 내내 지켜 달라는 말도 하지 못한다. 예전처럼 지겹도록 잔소리해 달라는 말도, 잊을 만하면 뭐든 건네던 선물도, 그 사람답지 않게 걱정해 주던 따뜻한 말들도, 시도 때도 없이 뭐하냐고 묻던 물음도, 간간이 비추던 그의 용기도 사랑도 정도 미움도 모두 그해 언덕 너머에 멈춰 있다.

그저 기억한다. 잊지 않고 감사한다. 네가 나 때문에 얼마나 답답했을지, 네가 나에게 왜 의지한다고 했던 건지, 왜 그렇게까지 나를 못살게 군다고 미워했는지, 내가 왜 이제야 응어리진 마음을 녹일 수 있었는지, 끝이라곤 없는 우리가 언제까지 이어져 있을지.

나는 여전히 쉽게 버리고 지워 내지 못하는 사람이다. 오랜 기억을 양분처럼 품고 산다. 줄곧 되풀이될 것이다. 이처럼 인생이 자주 무섭고 든든한 건 다 돌아온다는 거다. 돌고 돌아 비슷한 형태로 눈앞에 놓인다. 신기할 만큼 그렇다. 앞으로 얼마나 더 모르던 것들을 이해하게 될지, 지나친 말들을 주워 담게 될지, 모른 체하던 것들을 직면하게 될지, 얼마나 더 미안해지고 부끄러워지고 그리워하게 될지. 그가 남겨 둔 우물에 비친 나를 언제까지 바라보고 있을지 모르지만. 언젠가 희미해질 때쯤 그것은 현재의 나를 더욱 뚜렷하게 만

함께했던 날들에

들어 줄 것이다. 여러 겹의 사랑을 몸에 걸친 채 더 곧은 사랑을 건넬 수 있게 될 것이다.

값진 사랑 그대로 돌려주고 싶어서

지난 사랑이 현재의 사랑을 만든다. 이 사람은 내가 어떤 모습이어도 사랑해 줄 사람이구나, 내 존재 자체를 사랑해 주고 있구나, 언제든 나를 응원하고 믿어 주는구나, 느끼게 하던 사랑을 경험하면 사랑을 대하는 태도가 달라진다. 서로의 노력으로 일구어 낸 관계의 균형. 안정감. 누구 하나 불안하거나 소홀하지 않으며 믿고 믿어 주던 사랑으로부터 나는 얼마나 큰 배움을 얻었나. 때때로 말썽인 나를 처음부터 끝까지 믿어 주고 아껴 주는 게 좋아서, 존중받고 존중할 수 있는 사이에 놓인 우리가 좋아서, 나도 그가 뭘 하든 믿고 응원할 수 있었다. 그저 내가 행복하고 건강하길 바라던 그의 바람은 묵묵히 나를 올바른 길로 이끌었다. 무엇도 바꾸려 들지 않았는데 자연히 바뀌고 있는 내 모습이 좋았다. 우리는 서로를 기다려 주고 이끌어 주고 함께 떠났다가 룰루랄라 돌아오며 헛된 걱정들로부터 멀어지곤 했다. 내 생에 온전한 사랑을 쥐여 주고 간 그에게 나 또한 좋은 사람이었을까.

　세상 어디에도 슬프지 않은 이별은 없겠지만 그럼에도 우리 서로의 삶에 한 시절을 차지했기에, 충만한 사랑에 마음을 마구 내던져 보았기에 외부의 사랑도 거뜬히 받아 낼 수 있게 되지 않았을까. 아직도 난 누군가를 사랑하게 될 때면 그를 행복하고 건강한 삶으로 이끌게 된다. 내가 받았던 사랑이 너무 값졌기에, 그 기억 하나가 나를 바꾸어 냈기에 그대로 돌려주며 살고 싶어진다.

04.

모두가 피어나고
있다는 사실

조용한 응원

여전히 곁에 존재하는 사람들을 생각한다. 삶에 여유가 없어 거무칙칙해진 마음으로 살아갈 때도, 어떤 힘듦도 나눌 기력이 없어 홀로 말라 갈 때도, 각자 삶이 바빠 몸이 멀어져도 서로를 잊지 않았던 사람들. 일 년에 몇 번 제대로 보지 못하는 우리가 늘 멀리서 잊지 않고 응원할 수 있다는 게. 잘되길 바라고, 행복하길 바라고, 언제 어디서나 혹시 내 도움 필요하지 않을까, 내가 축하할 일이 있을까 시선을 거두지 않았던 날들이 이토록 애틋하다.

줄곧 떠올린다. 도무지 해내지 못할 것 같은 날, 서글프고 허전한 날 손 내밀 곳 있다는 게 얼마나 두터운 축복인지. 나는 자주 나의 두려움이었고 그들은 그런 나를 바로 세웠다. 몇몇 마음 기억하며 살아간다. 혼자일 때마다 유독 따뜻하게 닿았던 당신들의 목소리를, 벼랑으로 떨어지지 않게 서로의

모두가 피어나고

그네를 밀어 주던 손길을. 보이지 않아도 뚜렷이 만져지는 마음들을. 고마워. 고맙다. 정말 고맙다. 빼곡히 적어 편지하고 싶은 그런 날이다.

당신만의 예민한 구석이 좋다

예민해야만 알아챌 수 있는 것들이 나에겐 유독 애틋했다. 예민함이 치명적인 단점으로만 불릴 때, 나는 나의 예민한 기질을 숨기기 급급했고 무던한 사람인 척 가장하곤 했다. 그것이 가지려야 가질 수 없는 강점이라는 사실을 내가 애정하는 사람들로부터 깨닫기 전까지는. 감도가 예민한 이들은 작은 변화에도 민감하다. 겉으론 무던하고 능글맞은 사람으로 보일 수 있으나 실은 누구보다 촘촘한 시야를 가졌다. 덕분에 타인이 무엇을 필요로 하고 불편해하는지, 어떤 말과 행동, 상황을 거슬려 하는지 날카롭게 알아차린다. 그래서 때론 어떻게 알아차렸는지 놀라울 만큼 섬세한 배려를 건넬 때가 많다. 부정적인 것과는 엄연히 다르다. 수많은 자극을 스스로 처리해야 하는 번거로움이 있겠다만 그것 또한 성찰과 성장의 바탕이 되리라. 둥글고 수더분한 사람들에게서 느껴지는 안정감만큼이나 예민한 천성을 가진 사람들의 깊고 풍부한 감각을 애정한다. 일평생 강한 긴장과 피로를 다스리며 살아왔을 이들의 세심한 성정을 응원한다.

주변을 둘러보면 내가 보인다

사람은 끼리끼리 모이게 된다. 마음과 행실은 그에 맞는 사람들을 끌어당기기 때문이다. 직업과 성향, 살아온 환경과 주변을 둘러싼 사람들, 삶을 대하는 태도. 누군가와의 관계를 지속하다 보면 우리가 왜 가까워질 수밖에 없었는지 깨닫는다. 내가 몰랐던 내 모습을 그에게서 발견할 때, 그의 단점이라 여겼던 것이 나에게도 문득 비춰질 때. 알게 모르게 서로를 채워 주고 있을 때. 나의 주변엔 오래도록 내 곁을 지키는 사람들과 지금은 멀어져 버린 이들의 소식이 들린다. 다양한 관계를 거치며 우리가 왜 여전히 가까운지 혹은 멀어질 수밖에 없었는지 알게 되는 건, 나를 더 자세히 들여다볼 수 있는 기회가 된다. 그러므로 주변에 좋은 사람들이 많다는 건 결국 당신이 좋은 사람이라는 뜻이고, 주변 사람들이 더 좋아지기 시작했다는 건 당신이 당신을 더 사랑하게 되었다는 뜻이다.

모두가 피어나고

알면 알수록 귀중한 인연

좁고 깊은 관계를 선호한다. 마음 맞는 사람 몇 명과 도란
도란 쌓아 가는 대화를 좋아한다. 서로를 자세히 기억하는
끈끈한 사이에서만 느낄 수 있는 유대감. 친근하고 편안한,
오늘 보고 내일 또 봐도 이상하지 않은, 누구보다 나를 잘 알
고 너를 잘 아는 사이. 애써 웃으려 힘주지 않아도, 애써 침
묵을 깨지 않아도 순조롭게 이어지는 관계. 어릴 적엔 많은
사람을 곁에 두는 것이 상책이라 여기기도 했으나 이젠 내가
누구와 함께할 때 가장 편한 미소를 짓는지 안다. 쑥스런 민
낯으로도 언제든지 만날 수 있고 집 앞 편의점에서도 몇 시
간씩 떠들 수 있는 소탈한 관계. 너의 생일, 고향, 버릇, 네가
어떤 걸 좋아하고 싫어하는지, 그간 어떤 일들을 겪으며 살
아왔는지, 우리가 함께 외쳤던 다짐, 하물며 단골이 되었던
음식점까지. 굳이 다시 설명하지 않아도 우린 이미 알고 있으

므로. 걱정이 사라진다. 안심하게 된다. 때론 자랑스럽다. 지나온 세월이 쌓은 귀중한 인연, 오래도록 깊어지고 싶다.

가만히 내어 주는 품에 기대어

나보다 먼저 나를 알아채 주는 사람들이 있다. 나조차도 모르고 지나친 그날의 기분을, 겉으로 드러낼 여력도 없어 깊숙이 넣어 둔 마음을 격렬한 감정 따위 일상에 방해만 될 뿐이라며 외면하고 덮어 두던 나를 금세 알아채던 사람들. 평소와 똑같다 여겼던 내 표정 하나에, 어제와 다를 것 없던 문자 한 줄에, 수화기 너머로 들리는 목소리에 미세한 변화를 재빨리 감지하는 사람들. 그럼에도 속속들이 묻거나 과신하지 않고 은근하게 배려하는 이들. 섬세하고 다감한 이 타심. 이 빡빡한 사회에서, 본인 하나 챙기기도 벅찬 이곳에서 타인에게 관심을 기울이고 스스로 문을 열 때까지 기다려 주는 사람들이 여태 존재한다. 그들을 통해 다정과 배려를 배운다. 나와 타인을 헤아릴 수 있는 아량을 키운다. 내가 약해지고 못나져도 마음 한편 기댈 곳이 있다는 따뜻한 품을 느낀다.

결이 맞는 사람들

결이 잘 맞는 사람끼리는 서로를 알아보기라도 하는 듯 쉽게 가까워진다. 세상에 완벽히 맞는 사람은 어디에도 없다지만, 유독 감정적 자유가 느껴지는 관계가 있다. 가장 나다운 모습과 편안한 마음. 어색하지 않은 침묵과 끊임없는 웃음. 힘주지 않아도 서로를 이해할 수 있고 이해할 순 없어도 존중할 수 있는 사이. 척하면 척. 그런 관계에선 나를 드러내는 게 순조롭다. 거창한 이유 없이도 마음 한편이 든든하다. 이처럼 결이 맞는 사람이 주변에 있기에 가쁜 숨 고르며 살 수 있었다. 나와 잘 통하는 사람들. 찾는다고 찾아지지 않는 귀한 사람들. 오늘 더 소중해진다.

모두가 피어나고

가까울수록 배려가 필요한 이유

편한 사이일수록 더 속 깊이 배려하고 아껴 주어야 한다. 생각 없이 뱉은 말에 상대가 상처받지 않도록. 무슨 행동이든 당연히 이해해 줄 거라 여기지 않도록. 때론 친하다는 이유로 태연히 웃고 넘어가 주던 무례함은 없었는지 잘 돌이켜 봐야 한다. 마음이 편할수록 상대가 날 위해 노력하고 있다는 것. 그러므로 아무리 허물없는 서로를 잘 아는 사이라고 해도 결국 타인임을 필히 새겨야 한다. 이름 모를 사람에게 친절을 건네고 가까워지고 싶은 사람에게 갖은 정성을 쏟기 전에 허탈하고 외로워질 주변을 반드시 둘러볼 것. 나를 온전히 이해하고 베풀어 주는 사람은 짧게 스쳐가는 사람들 중 누구로도 대체될 수 없는 소중한 인연이다. 그러니 관계에 소홀하지 않도록 여태껏 내게 관심을 기울여 주던 사람들을 조심히 둘러보길. 그건 나의 가장 가까운 친구이자 가족, 또는 연인일 수 있으니.

누구나 그럴 수 있다

　세상에 장점 없는 사람 없고 단점 없는 사람 없다. 원래 장점과 단점은 하나다. 따라붙는다. 세심한 사람은 예민하고 무던한 사람은 둔감하다. 계획과 절제에 능한 사람은 유연한 사고에 약하고 즉흥적인 사람은 갑작스런 변화에 강하다. 자기 확신이 강한 사람은 남에게 쉽게 휘둘리지 않으나 고집이 셀 수 있고, 의존적인 사람은 누구 없으면 쉽게 흔들리지만 타인에게 잘 순응하는 면이 있다. 어느 한 면이 빛나면 반대편엔 그림자가 진다. 그러니 어떤 사이든 오랜 관계를 유지하려면 그의 무수한 장점 옆에 따라붙은 단점을 내가 얼마나 감당할 수 있느냐에 따른다. 그 사람은 그것만 고치면 좋을 텐데, 그 점만 아니면 완벽한데, 하는 것들. 그 단점이 사라지면 우러러보았던 장점마저도 함께 줄어든다. 적절히 균형을 찾아야 하는 일이다. 한 사람에게 너무 많은 걸 바라지 않아야 할 이유다. 누구도 완벽할 수는 없기에 누구나 그럴 수밖에 없다.

　　　　모두가 피어나고

말의 중요성

생각을 어떻게 전달할지 고르는 것도 능력이다. 같은 거절이라도, 같은 칭찬이라도 어떤 문장으로 건네야 상대방이 다치거나 의문하지 않고 받아들일 수 있을지 아는 것도 삶의 지혜다. 다양한 사람들과 내외적인 갈등을 해결하며 쌓인 노련함이 이때 드러난다. 여태 상처는 받는 사람이 처리할 몫이라 여기며 살아왔지만, 상대방 마음 여린 줄 알면서도 현실적인 말이랍시고 공감과 이해를 배제한 채 뱉는 말은 자기중심적 주장에 불과하다는 것을 느낀다. 듣는 사람 상처받지 않게끔 정확하고 부드럽게 의사를 전달하며 상대의 마음을 헤아림과 동시에 적절히 조언할 수 있는 유연함을 키우고 싶다. 사람에겐 말 한마디가 어느 칼보다 날카롭다는 것을 명심한다. 진심을 담아 요리한 음식을 플레이팅하듯 내 앞에 있는 사람을 위해 그때그때 필요한 문장을 적당히 내놓으며 지내려 한다. 매일의 기분이 다르고 매일의 날씨가 다른 것처럼 매일 다른 노력과 에너지가 필요한 일이지만 그만큼의 가치가 있는 일이다.

너는 나 기쁠 때 달려와 안아 주었지

힘든 시절 좋은 시절 같이 겪었던 사람과는 함께한 추억만으로도 시간 가는 줄 모르고 대화한다. 내가 잘됐을 때 진심으로 축하해 주고, 나 어렵던 시기엔 자기 일처럼 도와주던 사람. 그러면서도 제대로 생색 한 번 안 내던 사람. 지나고 보니 나 때문에 많이 애썼겠구나 싶다. 나태함, 실수, 회피. 이럴 때도 있고 저럴 때도 있는 거라며 너그러운 표정 짓던 우리에겐 낯선 길도 두렵지 않았다. 우리 함께라면 뭐든 할 수 있을 것 같았다. 서로의 비밀을 지켜 주고 용기가 되어 주며. 무슨 일이 있어도 서로의 편이라고 암묵적 약속을 나누며. 기쁠 때 슬플 때 가장 먼저 달려가게 되는 사람. 나의 믿음. 문득 생각날 때면 그 마음 고마워서 울컥하는 사람. 그만큼 나도 평생 잘해야겠다는 생각이 드는 사람. 나에겐 누구보다 소중한 사람.

친구가 울었다. 위로할 말이 떠오르지 않았다.

함부로 문장을 만들어 내는 건

나의 진심도 너의 아픔도 쉽사리 훼손될 것만 같아서.

웃음이 도는 대화

대화가 잘 통하는 사람에게 마음이 열린다. 편안하다. 잘 들어주고 다정히 말하는 사람을 뛰어넘어 우리가 서로를 이해하고 있다는 느낌. 달라서 궁금하고 몰라도 수용되는 주고받음과 그 속에서 끌리는 닮음. 말이 오가는 속도, 방향, 거리, 주제, 깊이. 우리는 언어를 주고받으며 서로에 대한 이해의 정도를 가늠한다.

많은 이들과 대화를 나누며 자랐다. 같은 농담도 어떤 사람에겐 무례가 되고, 같은 친절도 누군가에겐 부담이 된다. 무슨 말이든 의도대로 전해지는 사람이 있는 반면, 서로의 말에 저의를 파악하지 못해 어긋난 사이도 있을 테다. 별 의미 없이 한 행동으로 상처를 줄 수도 있고, 말 한마디가 큰 착각을 부르기도 한다. 그렇게 나와 잘 맞는 사람과 아닌 사람이 나눠졌다. 와중에 자라온 시간을 관통하듯 이완된 마음으로 대화하게 되는 사람이 있다. 서로의 복잡함을 잘 알아서 오히려 단순할 수 있는 사이. 더 이해하고 덜 오해할 수 있는 사이. 그런 사람과 대화를 주고받을 땐 늘 내가 웃고 있었다.

좋은 관계를 유지하는 법

가깝고 아끼는 사람이 있다면 특별히 뭔가를 해 주는 것보다 함부로 대하지 않는 게 먼저다. 칭찬 열 번보다 비난 한 번 안 하는 게 낫고, 가까워지러 달려가는 것보다 힘을 풀고 천천히 걸어가는 게 낫다. 여러 번 베푸는 호의보단 하지 말아야 할 행동 하나 안 하는 게 윤택한 관계를 유지하는 데에 훨씬 도움 되는 일이다. 배려한다면 대가를 바라지 않아야 하고, 충고하려면 자신도 틀릴 수 있음을 염려해야 한다. 농담은 상대도 농담으로 받아들여야 농담이고, 부탁은 거절할 권리도 함께 건네는 것이 부탁이다. 타인과 비교하며 칭찬하는 것은 오히려 상대에게 압력을 가하는 언사며, 반성의 태도 없이 사과하는 것 또한 상대에게 죄를 떠넘기는 행위다. 타인에게 건넨 말과 행동엔 그만한 책임이 따르고, 좋은 관계란 내 욕심 채우려는 마음으로부터 한 발짝 멀어져야 진실한 사이로 유지될 수 있다.

1. 내 인생에서 누군가 나가려고 한다면 그냥 보내 주자. 애써 붙잡거나 아쉬워해도 갈 사람은 가게 되어 있다. 한 사람이 나가야 다음 사람이 들어온다. 장담하건대, 더 좋은 사람일 것이다.

2. 무진장 화가 나는 일이 생겨서 감정적 충동이 일 때 절제하는 나만의 방식은 '두 시간 후에 다시 생각해 보기'다. 심기를 불편하게 만든 상대에게 쏟아 내고픈 마음이 생기거나 후회할 만한 극단적인 행동을 할 것만 같으면 무작정 참는 것이 아니라 스스로 추스를 시간을 준다. 시간이 흐르는 동안 격앙된 감정은 대개 사그라들지만 그러고도 생각이 바뀌지 않는다면 하고 싶은 대로 한다. 그리고 참지 못했다고 후회하지 않는다.

3. 어디에도 딱 맞는 사람은 없고 맞추지 않아도 되는 관계는 없다. 나에게 무조건 맞춰 줘야 하는 사람도 없고 내가

맞춰 주기만 해야 하는 사람도 없다. 한 명이 배려하면 한 명은 다음을 배려해야 한다. 그 감사함 알아줄 수 있는 관계가 아니라면 결국 한쪽이 병들거나 멀어지는 게 관계의 법칙이다.

4. 표현에 서툰 사람이 은근히 많다. 억지로 노력을 강요한들 그에겐 어색한 고통일 뿐이다. 마음은 그렇지 않은데 말로 표현해야만 전달되는 세상과 마찰하는 자신의 성향이 스스로도 심란할 테다. 그런 사람은 상대가 먼저 조금씩 표현하고 건네니 점차 표현하게 되더라. 말이 아니라 행동과 침묵으로도 그 마음 알아줄 수 있을 때가 오더라. 표현에 인색한 사람이라도 자신의 마음 알아준 상대에겐 무엇이든 돌려주려 하는 걸 자주 목격한다.

5. 나도 사람에게 속는 건 싫지만, 의심하는 게 더 불편하다. 만일 의아한 상황이 생기더라도 상대가 그렇다면 그렇다고 받아 주며 넘어가는 편이다. 내 입단속만 잘하고 함부로 말 옮기지 않으면 그만이다. 그게 속 편하다.

6. 많이 베풀고 배려한다고 해서 착한 사람이 아니고 좋은 말만 한다고 해서 좋은 사람이 아니다. 나를 좋은 사람으로

봐 주는 사람이 있다면 그에게 나는 좋은 사람인 것이고, 내가 스스로 착한 마음을 지니고 살면 나는 나에게 착한 사람인 것이다. 나는 좋은 행동이라 생각했어도 누군가는 나를 나쁘게 볼 수 있고 아무것도 하지 않았는데 절로 좋게 보고 있을 수도 있다. 남들은 나를 다 다르게 본다. 그저 내가 내 마음 선하게 먹는 게 중요하다.

7. 남들의 겉과 속이 같길 바라지 말고 내가 그렇게 살면 된다. 우리는 누구나 가면을 쓰고 산다. 누구도 한 가지 모습의 자신으로 살아 본 적 없다.

8. 부자에게 가난하다고 놀리면 부자는 웃어넘긴다. 타인에게 상처를 받거나 화가 난다는 것은 내가 가지고 있는 어딘가 긁혔다는 반증이다. 인정받고 싶었던 것을 부정당했거나, 되돌아온 것보다 더 기대했기 때문이거나, 무시하고 튕겨 나가게 두어도 될 말을 스스로 마음에 꽂은 것이다.

9. 인생은 비워 가는 과정이라더니 관계도 그렇다. 뭐든 과하면 독이 된다. 이 사람 저 사람 채우고 부풀리는 것보단 지금 내 곁에 있는 사람에게 충실해야 한다. 모두가 떠나가더라도 끝까지 내 옆에 남아 있을 사람이다.

모두가 피어나고

10. 관계엔 불편이 따른다. 손에 꼽을 정도로 친한 친구라도 참아야 하는 게 있고 사랑하는 애인이어도 고쳤으면 하는 부분이 있다. 가족이어도 불편한 게 있고 내가 나조차 어색해질 때가 있다. 노력 없이 결실을 얻을 수 없다는 건 관계에도 똑같이 적용된다. 타인의 마음은 노력한다고 뜻대로 움직여지지 않지만, 노력해야만 지킬 수 있다.

11. 나에겐 소홀하면서 남들에겐 다정하고 친절한 사람으로 살아가는 것보다 나에게 친절하면서 남에게 소홀한 게 낫다. 멀리하고 싶은 사람과 가까이 생활하는 것만큼 자신을 괴롭히는 게 없는데, 스스로 내팽개친 자신을 품고 살아가는 건 얼마나 죄스러운 일인가. 내가 나를 잘 보살펴 주기 시작하면 남들에겐 저절로 친절하고 다정한 사람이 된다.

12. 제아무리 나쁘고 독해져도 순수를 간직하고 산다. 모두 다른 성격을 지녔어도 하나같이 무해한 사람을 원한다. 그러면서도 한편으론 내버릴 수 없는 이기심을 품는다. 사람이 다 거기서 거기란 소리다. 그러니 좋은 사람인지 나쁜 사람인지 굳이 판단하려 하지 말고, 상대에게 이해받을 거라 기대하지 말고, 관계에 최선을 다하되 너무 큰 의미를 부여하지 않길 바란다. 어차피 알아줄 사람은 알아준다.

오래도록 사랑하는 사람들에게

덤덤하게 다가와 주는 이들에게 감사를 느낀다. 나는 전화한 통 거는 것도 조심스러운 사람이라서, 당차게 다가가는 듯해도 실은 두려운 마음 억누르고 달려간 거라서 내게 먼저 손 내밀고 기다려 준 이들을 좀처럼 잊지 못한다. 칭찬과 웃음에도 마음을 쉽게 열지 못하고, 오랜 시간 함께했더라도 좁혀지지 않는 거리를 두고 홀로 싸워 내는 사람임에도 불구하고. 애써 밀거나 잡아당기지 않고 그 자리 그대로 존재해준 이들을 떠올리면 세상은 사람을 어떻게든 견디게 하는구나 싶다. 늘 미안함을 품고 사는 사람이지만, 나태함이 외로움과 애정을 이겨 내는 탓에 소홀하고 또 소홀해지는 사람이지만. 우리가 건너온 시절이 잊힐 때쯤 불쑥 나를 찾아 주길 바라는 이기적인 마음을 안고 산다. 몸은 멀리 있어도, 별다른 안부 주고받지 않아도 난 누구 하나 빠뜨리지 않고 떠올리며 산다는 것과 당신이 건넨 다정 어디 하나 상하지 않고 내게

모두가 피어나고

남아 있다는 것을 알아주길 바라며 산다는 것도. 건강하게 잘 살아 있다면 다행이고, 언제 시간 맞춰 밥 한 끼 먹을 수 있다면 다행이고, 오늘 하루 무탈히 보냈다면 그걸로 다행이지만 만약 무슨 일이라도 생기면 가장 먼저 말해 달라고. 말하지 못한 마음을 혼자 품고 산다.

나는 여전히 너를 사랑해

내게 사랑을 주는 사람들의 진심 어린 마음이 느껴질 때면 길 걷다가도 울컥한다. 모든 관계가 처음과 같을 수 없을 텐데 허물없이 편해진 사이라고 지켜야 할 선을 넘나드는 사람들이 있는 판국에 한결같이 따뜻하고 유쾌하며 다정한 이들이 건네는 사랑은 나를 외부로부터 지켜 준다. 사람을 너무 믿지 말라고들 하지만 끝까지 믿고 살아야 할 것도 사람이다. 지지고 볶고 의지하며 살아가는 것도 사람이고, 미워하고 용서하며 자라나는 것도 사람과 사람 사이의 일이다. 함께 살아가야만 한다. 되도록 좋은 사람들과 선의를 주고받으며, 그들을 통해 진실함을 알아보는 눈을 키우며. 누군가 나를 믿어 주면 나도 그만큼 믿음을 주려 한다. 곁에서 성숙한 마음으로 나를 감싸 주면 나도 미성숙한 마음을 버리게 된다. 확인받으려 하지 않아도 사랑을 확인시켜 주는 사람들, 늘 내 편이 되어 지지하다가도 잘못된 길로 들어서

모두가 피어나고

는 날엔 냉정히 막아서는 사람들, 사랑한다는 말을 자주 꺼내게 만드는 사람들.

언제나 나를 단단하게 만드는 건 단단한 사랑이었다. 내가 나를 지키며 살 수 있도록 곁을 지켜 준 사람들이었고 그들과 함께 노력하여 쌓아 온 관계로부터 배운 자신의 소중함이었다. 예보에 없던 비가 쏟아지는 날 가방 속에 넣어 둔 우산처럼. 그들은 내가 함부로 다치지 않도록, 나를 잃어버리지 않도록, 내가 나로서 살아갈 수 있도록 든든한 결심이 되어 준다. 이루어 달성하고 싶은 목표의 끝엔 사랑하는 사람들에게 더 베풀 수 있는 사람이 되고자 하는 소망이 한가득 차지한다.

"난 언제나 네 편이야."

이 말이 너무 좋더라.

그래서 내가 좋아하는 사람들한텐

꼭 이렇게 말해.

난 언제나 네 편이야.

어디에서 뭘 하든, 누가 너를 어떻게 보든

네가 어떻게 살아왔고 앞으로 어떻게 살아가든

난 너를 믿고 응원할 거야.

네가 행복하길 바랄 거야.

테레사 효과

누가 미워지면 차라리 사랑해 버리라는 말처럼 내게 큰 잘못을 하지도 않았는데 미워지는 사람이 생기면 멀리하기보단 어떻게든 그를 사랑하려 한다. 보이지 않는 곳에서도 진심으로 칭찬하고 몰래 도움을 건네며 나의 마음을 나누어 주는 일. 사람 마음이 간사해서 처음엔 거짓이 섞일 수밖에 없다만, 점점 그를 향한 원망이 애정으로 변하는 것을 느낀다. 내 마음 편하고자 했던 나눔이 함께 행복해지고자 하는 진실한 소망으로 변한다. 실로 봉사 활동을 하는 사람들은 그렇지 않은 사람보다 타인에 대한 신뢰가 높다고 한다. 심리적 안녕감, 만족감, 행복감 하물며 엔도르핀이 세 배 이상 증가하고 스트레스가 감소하는 긍정적인 영향을 주는 것이 바로 타인을 돕는 행위다. 그래서 불안도가 높거나 신경질적인 사람들의 마음 치유를 위해 추천하는 것이 헌혈이다. 수고스러움과 부작용을 감수하면서까지 타인과 나의 건강을 나누며 나도 좋고 너도 좋은 일로 함께 행복해질 수 있다는 것이 감동스럽지 않은가. 함께 살다 죽어 가는 세상에서 미운 마음만큼 나를 불행하게 하는 게 없고 선한 마음보다 더한 건강이 없더라. 남을 미워하는 것은 곧 나를 미워하는 것이고 남을 돕는 것은 곧 나를 돕는 것이다. 애정하고 또 애정하며, 나누고 또 나누며 마르지 않는 세상에서 살아가고 싶다.

감사하는 것만으로도

사소한 것들에 감사하면 바라지 않고도 베풀게 된다. 사람은 행동에 대한 보상을 원한다. 그러니 대가를 바라고 베푸는 게 아니라 이미 받았다고 생각하는 것이다. 그리고 홀로 감사하는 것이다. 이제껏 내 곁에 존재해 줘서 고맙다는 이유로, 쌀쌀한 날씨에 감기 안 걸리고 건강해 줘서 고맙다는 이유로, 나와는 다른 모습을 가진 네가 그걸 잘 지키고 살아 줘서 고맙다는 이유로, 반갑게 인사해 줘서 고맙다는 이유로. 아주 사소한 것들까지. 되돌려받지 않아도 서운할 일이 없다. 기대하고 실망할 일은 더더욱 없다. 보답하며 살아간다는 것은, 대가를 바라지 않는 것은, 이미 충분히 받으며 살아가고 있음을 몸소 느끼는 것은 세상을 너그럽게 살아가도록 돕는다.

우리가 바라는 세상

바르게 살아가는 사람들을 존경한다. 예의와 윤리를 알고 기본을 지키는 사람들. 쓰레기 아무 데나 버리지 않고 무단 횡단하지 않고 사람 마음 소중히 여기며 겸손하게 살아가는 사람들. 작은 일에도 감사할 줄 알고 미안할 줄 아는 사람들. 솔직함과 무례함을 구분할 줄 아는 사람들. 착하게 산다는 게 손해가 아니라는 걸 아는 현명한 사람들. 그들은 유연하고 단단하다. 자신을 사랑할 줄 아는 사람들이다. 자신을 사랑하는 만큼 남도 사랑하는 사람들이다. 그런 사람들의 선함이 유독 강하고 아름다워서 자꾸만 올려다보게 된다. 자칫 뒤틀리고 엇나가기 쉬운 세상에서 어떤 시련과 유혹에도 휘둘리지 않고 굳건하길 바라게 된다. 나 또한 더욱 바르고 선하게 살아가고자 마음먹게 된다.

모두가 피어나고

사는 건 참 지겨운 일이라고 중얼거리면서도

그래도 살아야지, 지켜야지, 해내야지 되뇌며

버틸 수 있었던 것은

내가 지키고 싶은 사람,

해내고 싶은 일,

더 행복하게 살아가고 싶은 마음이

나를 떠나지 않고 이끌어 주기 때문일 거라고.

지금 내 옆의 사람에게 최선을 다하기

죽고 못 살 만큼 끈끈하던 사이도 세월이 지나면 느슨해진다. 감춘 비밀을 모두 꺼낼 만큼 믿었던 사람에게도 실망할 날은 온다. 버릴 수 없던 소중한 물건도 없어지고 나면 빈자리가 익숙해진다. 꼴 보기 싫고 미웠던 사람, 부럽고 질투 났던 사람, 미칠 듯 사랑했던 사람, 그들마저도 점점 희석된다. 한때는 이 사람 놓치면 다신 누구도 사랑하지 못할 것 같았고, 자주 만나서 떠들던 사람들과 평생 좋을 것만 같았고, 어떻게든 붙잡고 견디면 그가 나를 다시 사랑할 것 같았다. 이젠 다들 알지. 사람 만나고 헤어지는 일, 붙었다 떨어지는 관계. 노력한다고 해서 처음과 같지 않다는 것을. 멀어질 사람은 무슨 수를 써도 멀어지고, 만날 사람은 건너고 건너서 어떤 기가 막힌 우연으로라도 결국 만나게 된다. 있음과 없음은 서로의 자리를 내내 꿰찬다. 그러니까 있을 때, 누군들 지금 내 옆에 그 사람이 있을 때, 그때 잘해야 한다. 있을 때 충분히 즐거워야 한다.

모두가 피어나고

습관처럼 다정하고 싶다

서랍 구석엔 아빠가 쓴 편지가 있었다. 엄마한테 쓴 편지였다. 경상도 남자는 무뚝뚝하다지만, 그 속에 얼마나 가득한 낭만이 있는지 알 수밖에 없었다. 뻣뻣한 어른들에게도 얼마나 물렁한 속살이 있는지, 어른이 되어서도 주사기가 무서울 수 있는지 그때 알았다. 결혼기념일엔 꽃바구니를 준비하던 아빠, 내 생일이 되면 공기 정화에 좋다는 화분을 책상 위에 두던 아빠, 빼빼로데이 퇴근길엔 빼빼로를 사 오던 아빠는 아직도 기프티콘이 생기면 서른 넘은 나 먹으라고 보내 준다. 어릴 땐 당연했다. 나는 그게 아빠라서 당연한 줄 알았다. 당연하지 않은 걸 당연하다는 듯 알려 준 사람. 다정한 사람을 알아보는 눈을 키워 준 사람. 내가 좋은 사람들을 사랑할 수 있었던 건 아빠의 다정에 익숙했기 때문이겠지.

여전히 다정은 노력이라 믿는다. 말 한마디, 표정 하나. 때에 맞는 사랑과 용기를 고르고 골라 건네어 행동하는 힘. 상대를 웃게 만드는 노력. 살게 만드는. 그리고 어느새 습관이 되어 버린 노력들. 그런 게 우리를 유연하게 만든다. 끝끝내 말라 버리지 않도록 서로를 돕는다. 뾰족한 세상에 맞서 굳어지려 할 때마다 다정한 이들의 문장을 떠올린다. 사랑이 적힌 장면 하나에 기대어 버티며 살아간다. 오늘 우리가 다정히 사랑해야 할 이유다. 보고 싶어, 고마워, 미안해, 사랑해. 흔한 말일지언정 소홀히 해선 안 되는 이유다.

놓치면 안 되는 사람

함께 있으면 별거 아닌 말에도 웃음이 터지는 사람. 서로가 뭘 좋아하고 뭘 싫어하는지 잘 아는 사람. 다른 사람들은 무심코 지나칠 법한 내 마음을 잘 읽어 내는 사람. 무너진 나를 덤덤히 일으키고 때론 냉정한 말로 나의 방황을 바로 세우는 사람. 내가 망가졌을 때도, 기쁜 일이 생겼을 때도 언제나 그 자리에서 나를 지지해 주는 사람. 내게 하나라도 더 나눠 주려 하지만 자신의 삶도 아낄 줄 아는 사람. 서로의 행복을 진심으로 바랄 수 있는 사람. 무엇보다 그 사람이 내 곁에 없는 게 절대 상상되지 않는 그런 사람.

좋은 사람들 덕분에 따뜻한 세상

좋은 사람을 곁에 두어야 하는 이유는 닮아 가기 때문이다. 사랑해도 닮고 미워해도 닮는다. 자식이 부모를 닮는 것처럼. 끼리끼리 친구인 것처럼. 그들이 모여 나의 세상을 만들고 나의 삶을 변화시킨다. 사랑을 잘 주고받는 사람이 곁에 있으면 내 사랑도 용감해지고, 나를 믿어 주는 사람이 곁에 있으면 나도 나를 믿게 된다. 배려와 위로도 받아 본 사람이 건넬 수 있고, 사람 귀한 줄 아는 사람만이 관계도 소중히 여긴다. 그들은 긍정과 사랑을 일파만파 퍼뜨려 웃음을 옮긴다. 용기를 나눈다. 좋은 사람들이 가진 힘이 이렇게나 크다. 힘든 하루도 이겨 내게 하는 힘, 고된 일도 견디게 하는 힘. 사람 힘든 것보다 일이 힘든 게 낫다는 게 이런 걸까. 좋은 사람들 덕분에 버틸 수 있는 세상, 덕분에 내 삶이 나아지는 기분은 내가 더 좋은 사람이 될 수 있도록 노력하게 만든다. 사람은 이토록 사람과 사랑으로 살아 낸다.

모두가 피어나고

고마운 친구들에게

서로를 진심으로 위해 주는 친구 한둘만 있어도 성공한 인생이라 했다. 오랜만에 만나도 어제 본 것처럼 편한 친구. 개떡같이 말해도 찰떡같이 알아듣고, 말하지 않아도 통하는 친구. 무슨 일이 생기면 가장 먼저 알려 주고 싶은 나의 오랜 벗. 분명 나와 다른데 신기하리만큼 다 이해되는 건 쌓인 계절 덕분일까. 같이 있을 땐 둘 다 이상해져서는 그게 또 웃긴다며 깔깔대고, 그러다가 어디서 나 힘들게 하는 사람 있으면 바보처럼 나보다 더 열 내 주는 따뜻한 친구에겐 티 내지 않아도 내 힘듦을 들키고 만다. 알면 알수록 진국이고 지내면 지낼수록 속이 깊다. 언제 어떻게 가까워졌는진 가물가물해도 내 곁에 참 든든한 사람이 있다는 사실은 점점 더 선명해진다. 언제까지나 온 마음을 다해 응원하고 싶다. 네가 앞으로 더 행복했으면 좋겠다고. 오래도록 함께하고 싶다고. 나랑 친구 해 줘서 고맙다고.

우리에겐 저마다의 선이 있으니

사람과 사람 사이엔 보이지 않는 선이 있는데, 그 선을 염려하고 행동하는 것이 예의고 존중이다. 한 사람을 알아 간다는 것은 그가 가진 선을 파악하는 데에 있다. 사람마다 마음을 여는 속도가 다르고 너비가 다르다. 타인을 허용하는 깊이와 온도도 제각각이다. 같은 말을 들어도 누구는 기분이 상하고 누구는 감동을 한다. 그러니 위로나 농담, 칭찬과 관심을 건넬 때도 그 선을 적절히 지킬 줄 아는 사람만이 상대에게 호감을 얻는 법이다. 흔히 눈치 빠른 사람이라고 불리는 이들이 그렇다. 이처럼 다른 사람을 대하는 일엔 세밀한 관심이 필요하므로 함께 있을 때 편한 상대가 있다면 그만큼 나를 배려해 주고 있다는 방증이라 느낀다. 나 또한 그를 위해 배려해야 할 것이고 혹여 나를 받아들이지 않는 사람이 있더라도 그만의 선이 있기에 그러는 것이리라 생각한다.

반대로 내가 가진 선을 누군가 침범한다면 함부로 용납하지 않는 단호함 또한 관계의 균형을 지키는 노력이리라. 내게 실망하거나 서운함을 느낄지언정 내 기준을 누그러뜨리면서까지 상대에게 맞추려는 건 자신에 대한 예의와 존중을 스스로 무너뜨리는 것이고 자신을 지키지 않는 행위다. 만일 그로 인한 불편함이 없다면 타인에게 더욱 관대해진 것이라 할 수 있겠다. 이처럼 나만의 선이 명확하게 있어야만 흔들리지 않고 살아갈 수 있고, 각자의 선을 지키려는 무수한 노력과 시간이 들어가야만 서로가 만족할 만한 관계가 형성된다.

여전한 우리가 좋다

스며들듯 친해진 사이가 좋다. 우리가 이렇게 친해질 줄 몰랐는데 어쩌다 보니 각별해진 사이가 좋다. 언제 어떻게 마음이 닿았는지 모르게 문득 소중해진 사이. 시시껄렁한 농담이나 주고받으며 한 시간 두 시간 흘려보낼 수 있는. 그렇다고 우리 서로를 가볍게 여기진 않으니까. 아는 만큼 배려하고 모르는 만큼 안아 줄 수 있으니까. 어디 가서 못할 자랑도 뻔뻔하게 해댈 수 있고, 딴 데선 괜찮은 척했는데 사실 나 안 괜찮았어 말할 수 있는. 나 그때 슬펐다, 나 오늘 행복했다, 마음껏 꺼내어 놓을 수 있는 사이가 좋다. 사람 잃는 일은 매번 반복되고 내어 줬던 옆자리가 한둘 비워지더라도 영영 볼 수 있는 사이처럼 느껴지는 건 그만큼 우리가 잘 맞는다는 거겠지. 그만큼 우리가 서로를 위해 잘 맞추어 왔다는 거겠지. 텅 빈 수레처럼 와자지껄 떠들면서도 속은 서로를 향한 애정과 응원으로 꽉 채워 가는, 그런 우리가 좋다. 그런 여전함이 좋다.

모두가 피어나고

우리는 지금이 가장 멋지다.

그리고 더 멋져질 거다.

즐겁고 편안한 사람

편안한 사람이고 싶다. 일평생 지켜 온 경계를 허물어도 될 만큼의 무해한 사람. 내 앞에선 가장 당신다운 모습으로, 널브러진 마음으로 거리낌 없어질 수 있도록. 들썩이는 자세여도 좋고 순진한 말투여도 좋다. 우리 여과 없이 비밀을 나누고 약해지다가 함께 강해지고 영차 이겨 내며 살아 낼 수 있도록. 실은 그랬다. 편안한 사람이고 싶다는 건 함께 이겨 내고 싶다는 소망이었다. 우리 같이 살아 내자는 바람이었다. 이리저리 흔들리더라도 돌아올 품이 있음에 아늑해지는 사랑. 내가 당신 앞에서 가장 편한 모습으로 뒹굴어도, 마음껏 엉망이어도 늘 그 자리에서 그 모습으로 우리 사이를 지켜 줄 때. 나의 무거움은 별일이 아니게 되었으므로. 걱정 내려놓고 잠들 수 있었으므로. 우리 속에서 울고 있는 어린아이, 감춘 불안, 떠도는 우주, 그림자. 모두 꺼내 놓아도 괜찮은 사람이고 싶다. 단단한 외벽을 뚫고 가장 우리만의 모습을 풀어헤칠 수 있는 즐겁고 편안한 사람이고 싶다.

모두가 피어나고

우린 다르기 때문에 닮아 간다

든든한 사랑을 하려면 잘 맞춰 가는 것도 중요하지만 잘 지켜 주는 것도 중요하다. 다름과 불편을 적당히 수용하고 맞춰 가며 서로의 고유함을 지켜 내는 숱한 과정. 서로의 다름을 잃지 않도록 지켜 내는 것. 상대에게 모두 맞춰 주려 나를 바꾸거나 상대가 나를 위해 모두 맞추길 원하는 것이 아니라 너는 너답게, 나는 나답게 조화를 이루는 것.

사랑이 시작될 땐 서로에게 달라서 끌리고 닮아서 깊어진다. 차이점이 있어야 관계를 맺을 수 있고 유사점이 있어야 유지될 수 있다. 사이가 깊어질수록 지나쳤던 다름이 선명해지는데, 이때 상대의 가장 큰 장점이었던 것이 가장 큰 단점이 되기도 한다. 도통 이해할 수 없는 다름을 견디지 못하고 맞춰 주길 바라는 마음만 커질 때, 그래서 서운함만 남을 때 관계는 어긋난다.

이처럼 서로에게 기대하는 관계일수록 갈등이 빈번하다. 알아주길 바라는 만큼 서운함이 생긴다. 깊어지는 만큼 빠져나오기 힘든 수심에 갇히듯 상대가 내 뜻대로 되길 원하면 원할수록 내 뜻과는 다르게 흘러간다. 내 마음 다 알아줄 사람을 바라는 순간 삶이 외로워지듯 이해받으려는 일방적인 마음만큼 나를 갉아먹는 게 없더라. 그러나 누구 하나 피하거나 놓아 버리지 않고 납득과 이해를 매듭지은 후에 다음으로 넘어가면 그 사이는 유독 끈끈해진다.

내 감정을 고려하지 않은 너의 말과 행동, 원래라면 그러한 사람과는 상종도 안 했을 텐데 기어이 풀고 넘어가려는 내 모습을 보며, 그럴 수 있었겠다고 이해하려 드는 너의 모습을 보며. 우리의 악착같은 노력이 합쳐졌을 때 서운함은 더 이상 서운함이 아니었다. 배움이고 관용이고 존중이고 애정이 된다. 나의 불편이 무엇인지 너의 불편이 무엇인지 적응하게 된다. 다름을 다름대로 지켜 주며 함께 가는 법을 터득하게 된다.

모두가 피어나고

서로의 거울이라서

그 사람이 가장 인정받고 싶은 것은 그가 가장 부정하는 것에서 드러나고, 그 사람이 가장 감추고 싶은 것은 그가 과시하는 것에서 드러난다. 우리가 한 사람을 판단하는 척도엔 여러 가지가 있다. 그가 어떤 말을 하는가, 어떤 단어를 자주 사용하는가, 어떤 표정을 자주 짓는가, 무엇을 자주 발견하고, 어디에 자주 집착하고, 어떤 사람을 곁에 두길 선택했는가. 그러므로 상대가 내게 어떤 사람인지 모르겠을 때는 그가 선택한 사람들을 유심히 보아야 한다. 무슨 칭찬을 하고 무슨 불만을 갖는지, 어디에서 기쁨을 느끼고 무엇에서 슬픔을 느끼는지, 언제 발설하고 언제 침묵하는지 자세히 본다면 비로소 무엇을 필요로 하는 사람인지 느껴진다. 그러나 이것조차 본인의 인식이자 세계라는 사실을 놓치지 말 것. 누구도 남을 다 알 수 없고, 자신조차 알 수 없으며 그럼에도 알고자 애쓰는 것은 그저 스스로를 지키기 위한 방도에 불과하다는 것을. 타인을 들여다보는 관점, 나의 시선은 곧 나의 마음이다. 나는 너를 통해 나를 보고, 너는 나를 통해 너를 본다. 그 시선을 오가며 이어지는 것이 관계고 맺음이다.

모두가 피어나고

당신을 돌보아야 할 시간

　내 힘으로 끊어 낼 수 없는 관계라면 억지로 끊어 내려 애쓰는 게 오히려 그 관계에 더 몰두하는 일이다. 나도 모르는 새 머릿속을 뒤집어 놓는 사람은 눈 감고 잊으려 해도 그 자리에서 꿈쩍도 안 한다. 감정이 어디 내 뜻대로 움직이랴. 매사에 철저하고 이성적인 사람마저도 감정에 이끌리기에 사랑하고 이별하며 우정을 나누고 꿈을 꾼다. 이미 침투한 감정을 손쉽게 지워 낼 수 있었다면 미칠 듯 사랑한 사람도 금세 잊고 말 것이다. 그건 누군갈 애정하는 것도, 그리워하거나 미워하는 것도 내 뜻대로 즉각 제거할 수 있다는 뜻이다. 과연 충만한 삶일까. 마음처럼 안 되는 건 다 이유가 있으리라. 지금까지 놓지 못한 이유가 있을 것이고, 당신을 아프게 한 사람도 다 그만한 이유가 있을 것이다. 당신이 그때 그 사람을 사랑할 수밖에 없었던 이유처럼. 그리고 모든 아픔은 훗날 더 기쁜 사랑을 누릴 이유가 되어야만 한다.

쉽게 끊어 내지 못하는 사람은 사실 뭐든 쉽게 포기하지 않는 사람이더라. 누군갈 한번 품었다면 무슨 일이 생기든 소중히 여기는 사람이라 자신의 사랑마저 가볍게 배반하지 않더라. 그러나 깊은 인내와 애정을 가장 사랑해야 할 당신에게 옮겨 담는다면 당신이 더 해방될 수 있을 텐데. 땅만 뚫어져라 보며 걷다가 무심코 올려다본 하늘처럼, 꾹 참지 않고 고개만 돌려도 당신을 반기는 삶이 펼쳐져 있을 텐데. 절대 포기하지 않아야 할 당신의 존재를 잠시 잊고 있지는 않았는가. 힘쓰지 않아도 소중하게 존재하는 당신을 자칫 먼발치에 놓아 두진 않았는가.

모두가 피어나고

때론 너무 늦게 알아 버려서 슬펐고

똑같이 겪어야 알게 된다. 나를 힘들게 만들던 사람이 왜 그럴 수밖에 없었는지, 이해하려야 할 수 없어서 미워했던 사람이 내게 왜 그랬던 건지. 그날 내 마음이 편했던 건 그의 깊은 배려 덕분이었구나, 그때 그 사람도 참 힘들었겠구나, 나 때문에 답답했겠구나, 속상했겠다. 영문도 모른 채 남은 기억들은 필히 비슷한 입장이 되어야만 헤아릴 수 있었다. 아이를 낳아 봐야 비로소 한 아이의 엄마라는 것이 이토록 존엄한 존재인지 느끼는 것처럼. 매운 음식 안 먹어 본 사람은 매운 게 뭔지도 모른다. 우리 조상들이 지구 건너편에 뭐가 있는지 몰랐던 것처럼 겪어야 알고 느껴야 넓어진다. 다쳐 봐야 아픔을 통감하고, 사랑하고 잃어 봐야 슬픔의 농도를 알고, 슬퍼 보아야 기쁨을 아는 것이다. 사랑도 두 팔 벌려 받아 봐야 내가 품은 마음이 사랑인 줄 알고, 줘 봐야 받은 사랑이 사랑인 줄 아는 것이다. 아무런 의심 없이. 우리가 가진 상상과 이해는 내가 가진 시야의 틀을 깰 수 없다. 그 한계를 깨부수고 발을 뻗는 것. 그렇게 보고 겪고 느낀 것들로 인해 나날이 변해 간다. 알 수 없던 것들을 알게 되었을 때, 모른다는 사실조차 모르던 것들을 깨달았을 때 허름한 축이 무너지고 나의 세계가 세워진다. 세상을 유연하게 담을 수 있게 된다. 오고 갈 수 있는 길이 많아진다. 내 안에 지도가 넓어지고 그 안에 사랑이 많아진다.

"너는 나를 몰라."

"응. 나는 너 몰라. 너도 나를 모르고.
 다 안다고 생각한 적도 없어."

"우리는 참 서로를 모른다…."

모른다는 말은
알아줬으면 한다는 말이었는데.
알아주고 싶다는 말이었는데.

오해라는 오해

나를 잘 안다고 생각했던 사람이
실은 날 많이 오해하고 있다는 걸 알게 된 후로
누구에게도 기대하지 못하게 되었지만,

나를 잘 모른다고 생각했던 사람이
실은 날 가장 잘 안다는 걸 알게 된 후로
누구에게도 실망하지 않게 되었다.

모두가 피어나고

충분히 아파했으니 되었다

아무리 최선을 다해도 얻어지지 않는 마음이 있고, 아무리 투명해져도 금세 사랑을 주고받게 되는 사람이 있다. 상대를 위해 아무리 배려하고 희생해도 나를 아프게 만드는 사람이 있는 반면에, 내가 아무리 못난 모습이어도 괜찮은 사람으로 여겨 주는 상대가 있다. 아팠던 날들이 모두 연습이었던 것처럼 나의 결함을 매력으로 바꾸어 버리는 사람. 더 나은 사람이 될 수 있도록, 웃을 날이 많아지도록, 나를 잘 지키며 살아가도록. 단단한 마음을 갖게 하는 그런 사람이 있다. 좋은 관계를 맺게 되면 혼자만 노력해야 했던 지난날의 이유를 이해하게 된다. 그때 우리의 만남은 누구랄 것 없이 서로에게 충분하지 못했고 서로에게 때가 아니었으니. 어긋날 수밖에 없었고 상처일 수밖에 없었다는 것을. 그러니 이제 그만 아파해도 된다는 것을.

망가진 관계와 서러운 일들 속에서도 나의 가치를 잃어버리지 않기로 한다. 아팠던 날들이 모두 연습이었던 것처럼 투명하게 사랑을 주고받는 날이 기필코 찾아온다고. 그날을 위해 나를 지키며 살아 내자고 되뇌인다. 나를 지킬 수 있어야만 다가왔다가 멀어지는 사람들 틈에서도 의연할 수 있다.

보내 줄 사람은 보내 주고

챙겨야 할 사람 챙기면서

와중에도 나를 잃지 않으면서

그렇게 살아갈 수 있다면.

사라져도 살아지더라

잃고 싶지 않은 사람, 틀어져선 안 될 것 같은 관계. 그 앞에서 한참을 망설였다. 과연 이 사람 없어도 괜찮을 수 있을까. 놓아 버려도 되는 걸까. 잠깐의 불편함에, 잠시의 서운함에 너무 많은 걸 떠나보내는 건 아닐까. 줄곧 고민했다. 가까울수록 사랑할수록 소중할수록 그랬다. 기대해서 실망하는 건데, 그럼 이 서운함도 내 몫인 건데. 나만 참으면 괜찮아지지 않을까 질질 끌었던 시간들. 힘든 관계 놓아 버리고 나니 이제는 알겠다. 없으면 안 될 것 같던 사람이 사라져도 살아진다. 그 사람 없으면 인생이 크게 바뀔 것 같았지만 인생은 원래 물처럼 흐르는 법이었다. 섞이고 섞이다가 차오르고 비워지면서 다시 맑아지는 법이었다. 텅 비어 버린 자리도 반드시 다시 채워진다. 더 좋은 사람과 더 나은 관계로.

모두가 피어나고

그럼에도 불구하고 또 사람 곁으로 간다

　인간관계가 가장 어려운 법이다. 사람이란 것이 워낙 복잡한 생명체라 순탄한 관계만 겪어 온 이는 없을 테니까. 집에서 조용히 내 할 일하는 게 가장 편하고, 나와 딱 맞는 사람 어디에도 없다는 걸 알면서도 어쨌건 섞여 살아야 했다. 지치고 지긋해도 어딜 가나 다 사람이 하는 일이고 사람을 위한 일이라 결국 또 부대끼며 지낸다. 줄곧 선택하며 산다. 불편을 감수하고 함께 지낼 것이냐, 불편을 회피하고 혼자 고독할 것이냐. 사람들과 함께 시간을 보낸 후에 혼자만의 시간이 꼭 필요한 것도 그랬다. 암만 오래 알고 지낸 친구고 가족이라 해도 타인과의 교류는 에너지가 소모되는 일이라서, 귀를 기울이고 생각을 거치고 말을 내뱉고 행동하는 힘이 모두 나를 소진하는 일이라 얼마간의 충전이 필요했다. 그러나 또 슬그머니 사람 곁으로 향하는 것은 아마 좋은 관계로부터 쌓이는 사랑과 행복이 더 크기 때문이겠지. 우리가 더 열심히 살고자 하는 욕심과 더 행복하게 지내고자 하는 소망의 근간에도 다 사람에 대한 기억과 사람에 의한 상처가 있기 때문이니까. 어렵고 혼란해도 계속해서 부딪치고 해결하며 살아간다. 소란함과 외로움 정도는 단번에 상쇄할 보람이 있기 때문이다. 그것은 비단 사람과 사람 사이에서만 겪고 느낄 수 있는 배움이고 온정이었다.

모두가 피어나고

당신은 그만한 가치가 있는 사람이다

　나에게 좋은 사람이어도 남에겐 나쁜 사람일 수 있고, 다른 데선 다 좋은 사람이라 해도 나에겐 나쁜 사람일 수 있다. 내가 아무리 사랑을 건네도 상대에겐 당연할 수 있고, 목표를 위해 밤낮없이 노력해도 남들보다 느릴 수 있다. 나는 둘도 없이 아끼는 사람이지만 상대는 아닐 수 있고, 방 안에서 혼자 앓는다고 한들 아무도 모른 채 지나가곤 한다. 반면에 따뜻한 말 한마디 건넸을 뿐인데 내게 온 마음을 쏟아 주는 사람도 있고, 당신이 스스로를 꾸짖고 작아지는 동안 누군가는 당신을 응원하고 있다. 나아가 당신을 부러워하고 존경하고 있을 수 있다. 사람은 이렇게나 다른 마음을 안고 살아간다. 다른 마음이어서 속상할 때도 있지. 그러나 다른 마음이기에 살아가게 될 때도 많다. 자칫 서글프고 원망스럽더라도 근처엔 언제나 반대의 마음이 당신을 지탱하고 있다.

그 마음을 펼쳐 내는 건 당신의 몫임을 알아야 한다. 당신은 늘 사랑받고 있고, 해내고 있는 사람이다. 그걸 잊어서는 안 된다.

당신이 내내 행복하기를

잘 버티는 사람이고 싶었다. 견딜 수 있는 고통만큼 성공할 수 있다고 했던가. 대단한 재능이나 특출난 감각, 타고난 미모 그런 건 내게 없었다. 그저 한 계단 한 계단 밟으며 이게 몇 개의 계단인지, 내가 몇 층에 와 있는지 몰라도 발 디딜 곳 사라질 때까지 내려오지 않는 게 내가 살아가는 방식이었다. 안 되면 되게 하고, 포기할 때까지 포기하지 않고, 견뎌질 때까지 견디며, 사랑할 수 있을 때까지 양껏 사랑하는 사람. 천성이 꼼수나 잔머리를 굴리지 못하는 사람이라 미꾸라지처럼 이리저리 비껴가는 법은 모른다만 덕분에 더 많은 표정과 마주했겠다. 누가 뭐라고 한들 잠시 굴했다가도 이내 고개를 들었다. 종종 악해지지만 자주 선한 마음을 되찾는다. 숱하게 물렁해지지만 그마저도 품에 안고 다음으로 건

너간다. 그런 내가 이곳에 쌓이고 있다. 덜컹거리고 부둥켜안으며 살아온 날들이 나를 행복으로 끌어낸다. 불안과 불행이 느껴질 때마다 입에 달고 사는 말이 있다.

"나는 불행할 이유가 없어."
"지금 이 순간 우리에겐 아무 문제가 없어."

거창한 행복감이 느껴지지 않아도 다행스러운 일이 내 곁에 얼마나 많은가. 외부에서 득시글거리는 문제들은 여태 해온 것처럼 버텨 나가면 그만이고, 모르는 길이라면 새로 겪어 나가면 그만이다. 어떤 일이 나를 괴롭힌다면 때에 맞춰 괴로워하고 벗어날 때까지 올라서면 그만이다. 편해지고자 하면 불편할 수밖에 없고, 행복만 하고자 하면 불행할 수밖에 없다. 그저 내가 살아온 날들에 오늘의 나를 얹어서 또 살아가는 것이다. 못하는 것도 부족한 점도 많다만 내가 나의 장점을 찾아 주고 보완하고 발전시키는 보람으로 살아 낸다. 또 그런 내가 당신의 빛을 찾아 주고 함께 열어 내며 같이 나아가는 기쁨으로 살아간다. 우리는 이토록 부족하기에 끈끈할 수 있었다.

불행할 이유를 찾지 않는다면
행복할 이유만 남게 된다.

이 모든 걸음이 행복이라 생각하면
모든 순간이 행복일 수 있다.

이 책을 채워 갈 수 있도록
내가 여름을 사랑할 수 있도록
늘 든든한 버팀목이 되어 주신
소중한 독자님들,
그리고 내가 사랑하는 사람들이
내내 행복하기를 바랍니다.

행복할 거야

이래도 되나 싶을 정도로

1판 1쇄 발행 2024년 07월 29일
1판 2쇄 발행 2024년 08월 14일
1판 3쇄 발행 2024년 08월 19일

지 은 이 일 홍

발 행 인 정영욱
편집총괄 정해나
편   집 박소정
디 자 인 차유진

펴낸곳   (주)부크럼
전   화 070-5138-9971~3 (도서기획제작팀)
홈페이지 www.bookrum.co.kr
이메일 editor@bookrum.co.kr
인스타그램 @bookrum.official
블로그 blog.naver.com/s2mfairy
포스트 post.naver.com/s2mfairy

ⓒ 일홍(정지은), 2024
ISBN 979-11-6214-504-3 (03800)